世界上沒有鬼

No Ghosts
In The The World

孤泣
LWOAVIE
RAY

No Ghosts
In The The World

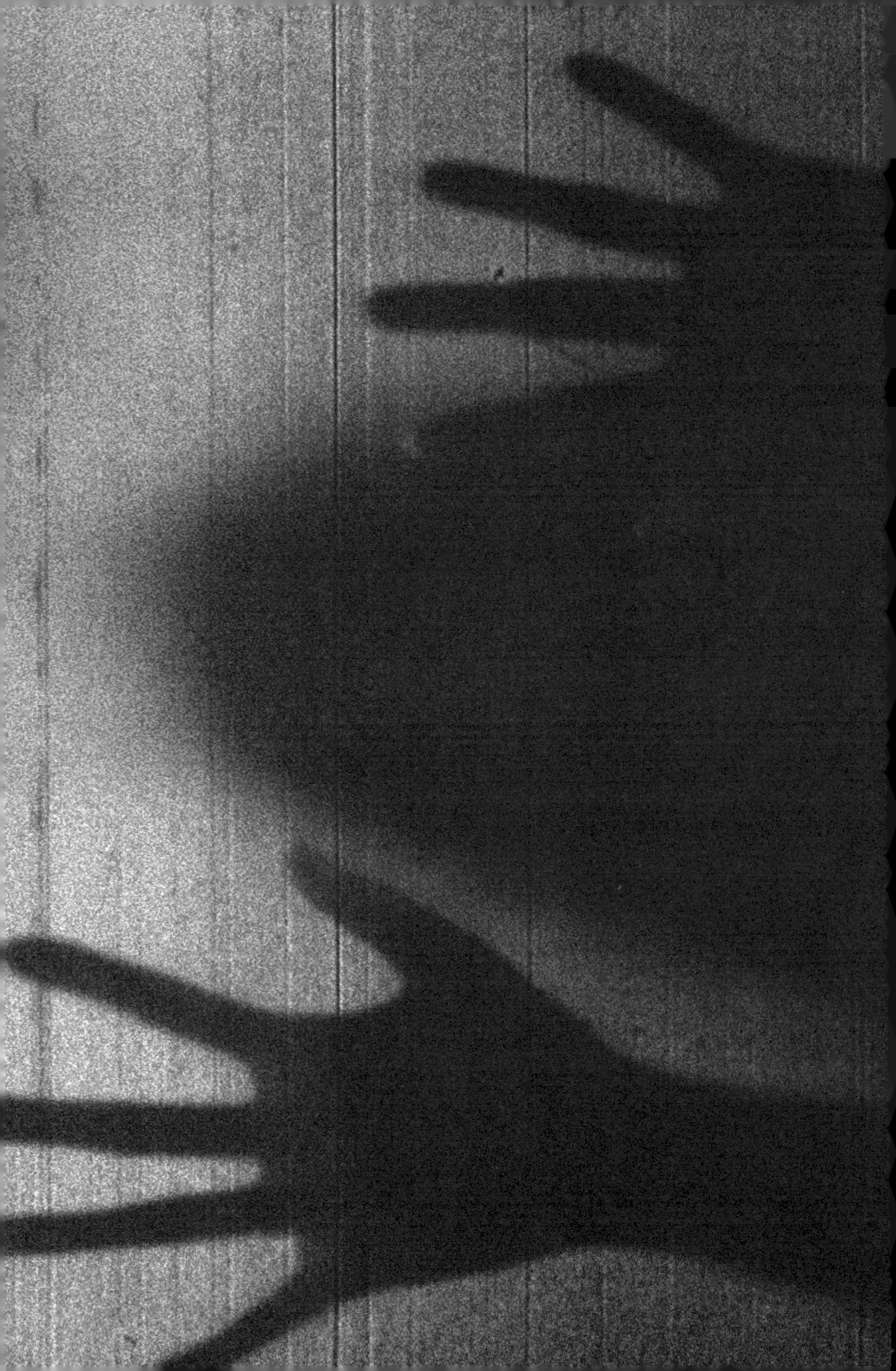

Contents

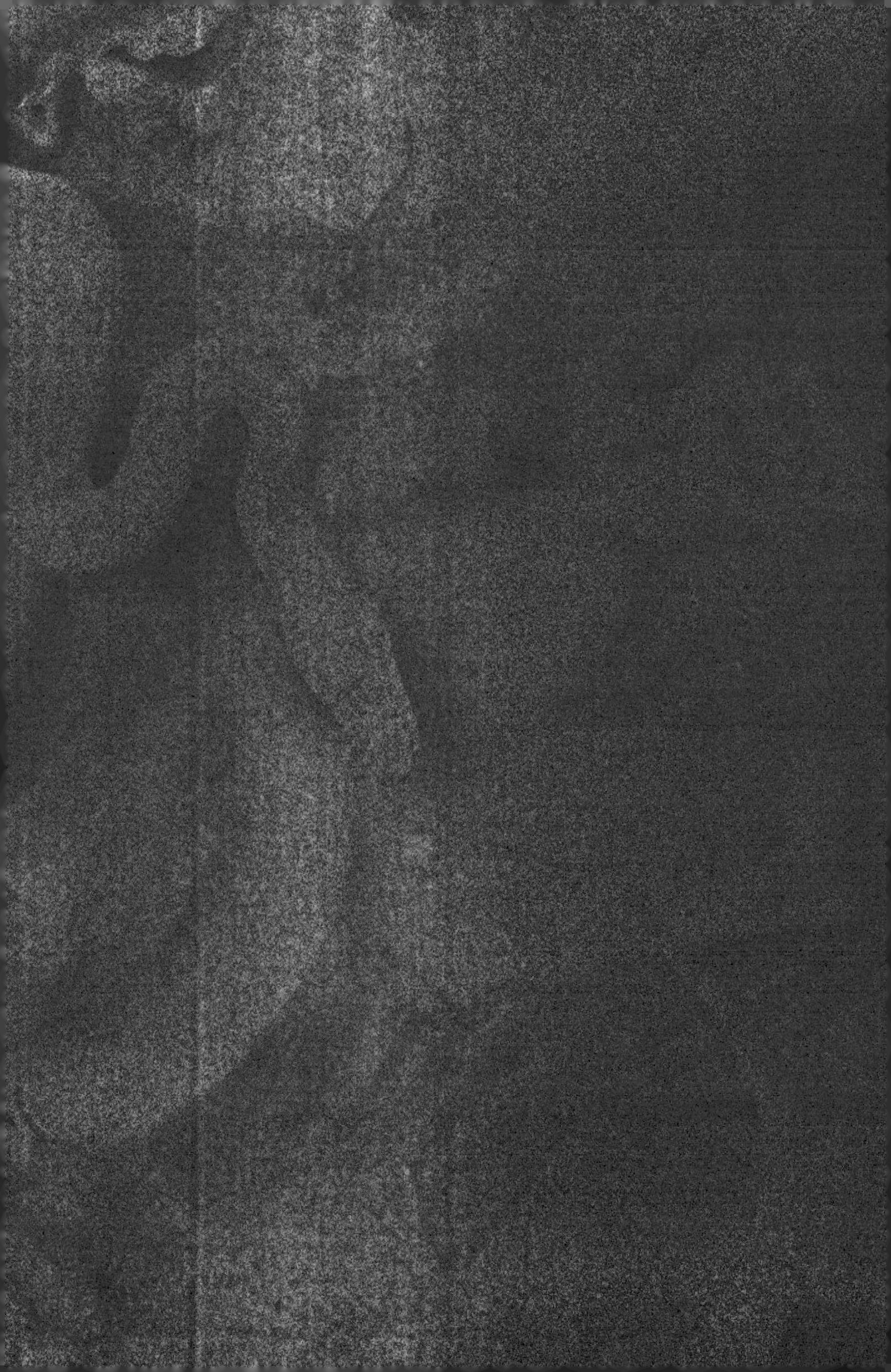

鬼。

Ghost。

邪靈。

怨靈。

鬼魂。

魔鬼。

妖怪。

在不同的國家與宗教，「靈體」都有不同的稱呼，由古至今，「鬼」這個名稱也被視作邪惡的象徵，而且也成為了恐怖電影的最重要元素。

問題就在這裡。

「如果沒有人類製作的鬼電影，那世界上有沒有鬼？」我問。

「當然有！」他說。

「如果沒有人類，世界上有沒有鬼？」我問。

他想了一想：「有！」

「如果沒有人類，就不會有人類製作的鬼電影，沒有鬼片，鬼真的存在嗎？」我質疑：「二億三千萬年前的三疊紀、恐龍時代，也有鬼？」

他皺起眉頭，然後肯定地說：「有！有恐龍鬼！」

我苦笑了一聲。

我是唯物主義者（Materialism）。

大多唯物主義者都認為，世界是由物質組成，諸如分子、原子、夸克等等。鬼魂都只是虛無縹緲的幻想，也不是由物質組成的任何「東西」，所以在我的世界觀中，不存在鬼魂這麼一種東西。

在世界上，所有的事物，包含心靈及意識，都是四種基本交互作用（Fundamental interaction）而出結果，只要我們人類有「意識」與「心靈」，就會出現了「鬼」這個概念。

「你是不是用iPhone手機？」他問。

「對，怎樣了？」我不明他為什麼要這樣問。

「你試過Siri會無緣無故出現問你有什麼需要嗎？」他問。

我苦笑搖頭：「我知道你想說什麼，老伯，看來我們不用再討論下去了。」

「不！世界上是有鬼的！」

「世界上根本沒有鬼存在。」我說出了最後的結論。

「那你又……」老伯反問：**「如何證明世界上沒有鬼？」**

我看著他，在整個對話中，他只有這一句是「最有意義」，而且……

我沒法立即回答。

「有很多相片、影片已經證明世界上有鬼的存在，好吧，如果你還是說世界上沒有鬼也是可以的，不過，你又如何確實知道世界上沒有鬼？有什麼證據可以說服我呢？」

「不存在的東西，為什麼要去證明？」我說。

「當然要！亞里士多德透過自己的觀察，證明了地球是圓的，不存在『地平說』！」他說。

「嘿，沒想到你也會有理智的論點。」我說。

「別以為我是瘋子！我寶刀未老！」

就在此時，一個獄卒走了過來，打開囚室的大門。

「你可以走了！」

「都說了，我根本沒有偷那個女人的銀包！」我站了起來走出了囚室，然後回頭跟他說：「跟你討論很愉快，我們有機會遇上時再聊過吧。」

「應該……沒有機會了。」他最後說了一句：「記得，很重要，世界上是有鬼的！你要接受它！」

這句說話有點奇怪，為什麼我要接受它？不過算了，或者老伯說得對，我們不會再見了。

他給我一個微笑，然後跟我揮手。

「帶我走吧，你還在等什麼？」我跟獄卒說。

獄卒用一個奇怪的眼神看著我。

「怎樣了？又想誣蔑我其他罪名？」我苦笑：「我是香港良好市民！」

「不………」獄卒指著囚室內。

「怎樣了？」

「剛才……你在跟誰說話？」獄卒的眼睛瞪得很大。

「我們才剛認識，我也不知道他是誰！」我回頭問老伯：「對！忘了問你名字。」

我看一看囚室，整個人也起了雞皮疙瘩。

囚室內一個人也沒有。

剛才我是跟誰說話？！

那個四眼老伯呢？！

他最後還跟我揮手道別！

明明我在十幾秒前還跟他討論著「世界上有沒有鬼」的話題！

不可能！

不可能！

不可能！

「你還說不相信世界上有鬼？哈！」

我永遠不會忘記這句說話。

這句說話，是由那個獄卒說的。

他就像被鬼上了身一樣說。

我永遠不會忘記……

他那個邪惡的笑容。

我的手機跳出了Siri……

「請問我有什麼可以幫到你？」

……

‥

.

《世界上沒有鬼》正式開始。

帶你走入一個心寒的世界。

《世界上有鬼嗎？看不到，不代表……不存在。》

Chapter 01
我想見到鬼

晚上，大埔一所電子遊戲機中心。

遊戲機中心已經打烊，遊戲機都全部關上，一個個黑色屏幕排列整齊。因為已經關門的關係，燈光也調到最暗，而黑色屏幕反射出來的影像，總是有一份讓人心寒的感覺。

三男兩女，都是*光大中學的學生，他們正坐在戲機中心的中央。

「你們有沒有試過不見了某些東西，然後在不久之後又會再次出現？」高大的何寬說：「你以為是自己忘記了放那裡嗎？不是這樣，其實是被某些邪靈拿走了。」

「有，前天我不見了的唇膏，今天找回來了！」長髮的朱美婷說：「明明我已經找了全屋也找不到！」

「還有，有時你們明明記得東西放在某個地方，卻找不到，不久，那東西又會再次出現在本來的地方！」何寬說：「當然，你跟別人提起時，他們都會說你記錯，但其實你非常肯定自己沒有記錯！」

「鬼掩眼！」另一個男生李哲海說。

「你們別再嚇我了，我經常都是這樣！」四眼的趙施蕙說。

「不是嚇妳，這是事實！」何寬認真地說：「你們睡覺時，別要把手腳伸出床外，還有，最好是用被子包著自己睡，這樣，它們才不會這麼容易上你身，又或者被鬼壓！」

「你愈說愈恐怖！」朱美婷握著趙施蕙的手。

「大家都以為自己家中沒有『污糟嘢』，加什麼神位、土地公就可以，其實它們比我們更早已經住下來了，現在是我們入侵了它們的地方，而不是它們走來我們的家。」阿寬點起了香煙。

煙向上升，就在半空中突然消失，就好像……

「被吸走了一樣」。

「那我們要怎樣做才不會招惹與觸怒到它們？」哲海問。

「我們在明、它們在暗，最好的方法是當是什麼也看不見。」阿寬說：「比如在洗澡時，如果洗頭要合上眼睛，就先不要打開眼，要慢慢來，不然，如果它沒這麼快走，你就會跟它在不到三寸的地方對望！可能是血腥的外表，又或者是沒有眼耳口鼻的樣子！」

「不要再說了！我心跳很快！今晚我洗頭時會想起你說的話！」施蕙掩著耳朵。

「媽的，又是你們說來我叔叔的電子遊戲機中心說鬼故的，現在又叫我不要說？」阿寬有點不滿。

「不！我很怕，但想聽下去！」美婷說。

「我也想聽！不用怕，我們有幾個人在，不怕的！」哲海給自己打打氣。

「忘了跟你們說，當我們幾個在說鬼故時，其實……它們都很喜歡聽，圍著我們一起聽！」阿寬說。

大家也快速看看自己身後。

「痴線！怎會？哈哈！」哲海回頭擠出了一個勉強的笑容：「哪有鬼？」

「看不到，不代表……不存在。」阿寬指著施蕙的後方。

「別要再嚇施蕙了！先休息一下！」美婷說：「在這昏暗的遊戲機中心，真的會被你嚇破膽！」

「我……我想去洗手間，美婷陪我！」施蕙說。

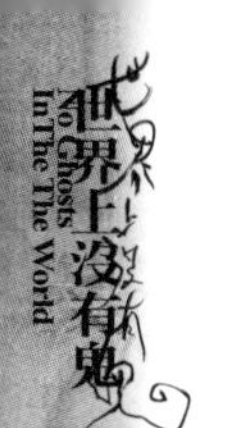

「好，我也想去！」美婷說。

「好吧好吧，先休息一下吧，洗手間在後門。」阿寬板起了臉：「妳們要……小心！」

「別再嚇她們了！」哲海也看不過眼。

「哈哈，我是說小心地滑！」阿寬笑說。

就在此時……

遊戲機中心的鐵閘突然打開！

「呀！」

全部人都大叫起來！

在這樣的環境之下，發出任何聲音都會讓人心跳加速！

「啊？是阿寬？」一把男人的聲音。

「叔叔你嚇死我們了！你怎樣會回來？！」阿寬大叫。

原來是阿寬的叔叔。

「去你的，我剛才在附近打邊爐，人有三急，回來小便！」叔叔有點醉意：「你們別要亂碰我的遊戲機，很貴的！」

「知道了！」阿寬說完後，跟身邊的同學說：「快叫馬叔吧！」

「馬叔！」

「嗯，乖。」馬叔在他的身邊走過：「你們也別太夜回家了，我先去洗手間。」

「好的！」

「五個學生夜孖孖來我遊戲機中心聊天，想起也覺得青春！哈哈！」馬叔準備打開後門的門。

他們聽到馬叔的說話後，臉色變得鐵青！

「叔叔……你……你說什麼？」阿寬的汗水滴在地上。

「我說你們五個真的很青春！」馬叔回頭看著他們：「話說回來，為什麼只有妳還穿著校服？」

馬叔看著他們。

看著他們身後說。

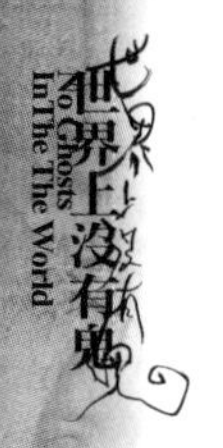

阿寬、哲海、美婷與施蕙「**四個人**」全身起了雞皮疙瘩，已經……

不知道可以說什麼。

……

：

．

第二天早上，他們其中一人……

從自己的住所墮樓死亡！

＊光大中學，請欣賞孤泣其他作品《教育製道1-2》。

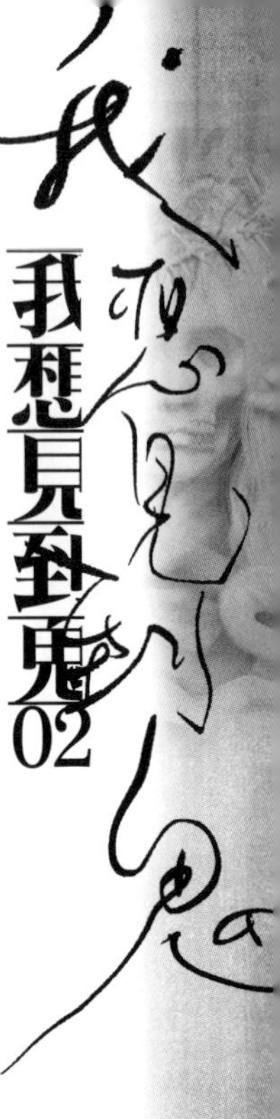

凌晨，大埔太和邨，女學生墮樓位置。

警察與消防員已經接報來到現場，女學生墮樓位置已經用一個帳幕遮蓋著。

三個便衣警員，兩男一女正在帳幕旁聊天。

「女死者趙施蕙，十四歲，中三學生，她的家人說她昨天很晚才回家，今早就從二十六樓跳下來。」女警員何子彩說。

「十四歲就夜歸嗎？現在的女學生真的是。」另一個長髮的男警察冥金全說：「前一晚她去了哪裡？」

「去了附近的電子遊戲機中心，跟幾個朋友講鬼故。」何子彩說。

「怪不得你叫我來了。」冥金全看著另一個男警。

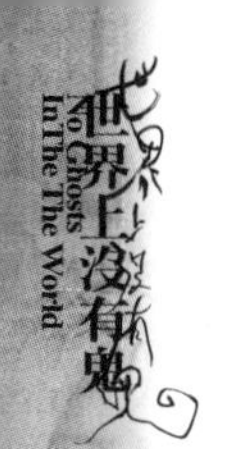

他剛講著電話，沒有留心聽：「冥你說什麼？」

「我說怪不得你叫我來了。」冥金全重複說。

「對！你知道就好！他們去了附近的電子遊戲機中心講鬼故，本來我想叫華大叔過來，因為是自殺案。」抽著煙的朱富城說：「不過，他正在幫一個叫『*自殺調查社』的公司調查另一宗案件，他說分身不暇。」

「自殺調查社是什麼鬼？哈！你找我就對了，雖然這是自殺案，不過看來我應該更適合調查這案件。」冥金全說。

「其實『MESUS』有多少個部門的？好像很多奇怪的案件都會找上你們。」比較新入職的何子彩說。

「哈！我們的存在，就是為了奇怪的案件！走吧，我們去看看屍體。」冥金全說。

特別雜項調查小隊（Miscellaneous Enquiry Sub-unit Special），簡稱「MESUS」。

這個部門，專門調查一些特別而非一般的案件，當中包括了不自然死亡的兇殺案，還有有關調查*

殺手組織、*地下視頻、不明自殺案等等的專科部門，當然，還有冥金全的「部門」。

原先MESUS是由港英政府管理，後來因回歸關係，這個警隊內部Special部門正式解散。

不過，這只是一場煙幕，特別雜項調查小隊，其實依然在暗地運作，他們的工作性質跟一般的警察有所分別，他們沒有正式的警察身份，證件也會有所不同，也不用回警局報到，不同部門於不同的秘密地方工作。

從前，在內部工作多年的老差骨也不知道有這個部門，只有高層知道，不過，近年來有太多奇異案件，就如一單「*十二星座殺人事件」，需要他們去調查，慢慢地愈來愈多行內人認識MESUS。

他們三人走入了遮蔽屍體的帳幕之內。

女死者的手腳因在高處墮下而嚴重扭曲，死狀就如一個斷線的木偶一樣，而因為頭部先著地，頭骨爆裂，腦漿散到滿地都是，眼球也整個飛掉出來，死狀非常恐怖。

血腥的味道，籠罩整個帳幕。

「對……對不起！」何子彩只看了一眼，已經接受不了，掩著嘴巴走出了帳幕。

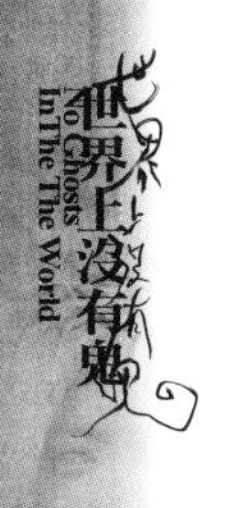

「現在的女警真的是，唉。」冥金全心想。

朱富城用一個奇怪的眼神看著他。

冥金全蹲下來，用鋼筆檢查屍體。

鋼筆指著趙施蕙的頸部下面發黑的位置。

「跟我早前幾單案件一樣。」冥金全說：「頸部發黑，普通的驗屍官應該也找不到原因。」

「所以我才叫你來吧。」朱富城說。

「明智。」冥金全簡單回答。

冥金全再檢查女學生的手指，有幾根已經嚴重扭曲，同樣出現了發黑的情況。

「看來有點棘手，再不處理，可能會有更多人死亡。」冥金全回頭看著朱富城說：「快點找出昨天跟這個女學生待在一起的人，明天我去找他們。」

「等等，可能沒這麼快，最快都可能要兩三天的時間。」朱富城說。

「我又不是跟你說。」冥金全微笑說。

朱富城突然起了雞皮疙瘩，他左看看右看看，根本沒有其他人，帳幕內，就只有他們兩個男人與一具女屍。

冥金全看著他。

「冥，你別要嚇我好嗎？」朱富城額上的汗水流下。

「哈哈，說笑而已，放心吧，這案件就交給我們MESUS的……」冥金全自信地說：「靈異事件部！」

＊自殺調查社，詳情請欣賞孤泣另一小說作品《自殺調查社》。
＊殺手組織，詳情請欣賞孤泣另一小說作品《殺手世界》。
＊地下視頻，詳情請欣賞孤泣另一小說作品《APPER人性遊戲》。
＊十二星座殺人事件，詳情請欣賞孤泣另一小說作品《戀上十二星座》。

大埔太和邨麗和樓。

冥金全與何子彩，來到了另外一位學生李哲海的家，本來只是冥金全來，不過，何子彩想跟他一起調查，一早已經在麗和樓樓下等他。

「為什麼妳要跟著來？」冥金全說。

「因為……因為我也很想破案！」何子彩說：「這次是我第一次接觸的奇怪案件，我很想破案！」

冥金全看著她，一個二十出頭的女孩。

「妳叫什麼名字？」他問。

「何子彩！」

「何子彩，妳知道嗎？每年有多少宗案件沒法破案？妳有這樣的想法很好，不過，世界上有太多的懸案，是我們人類沒法偵破的。」冥金全說。

「人類沒法偵破？」何子彩不解。

「難道……妳不知道嗎？」冥金全拿出了證件，上面寫著「靈異事件部」。

「什麼？我真的不知道有這個靈異事件部！」何子彩非常驚訝：「你意思是世界上……真的有鬼？！」

「鬼又好、靈體又好、邪靈都好，怎說也好，總之這次事件必定跟『它們』有關，妳還是決定跟著來嗎？」冥金全說。

在陰暗的走廊中，何子彩停了下來，本來左右搖擺的馬尾也跟著停了下來。

她在思考著。

冥金全回頭看著她。

「我想繼續跟你調查！」何子彩說：「雖然……雖然我很怕鬼！」

冥金全苦笑了：「走吧，菜鳥彩！」

他們已經來到了單位門前按鈴，李哲海的母親應門讓他們進入。

單位廳中不見李哲海，他們二人坐在沙發上。

「他一直把自己困在房間沒出過來，已經兩天了，東西也不吃！」李哲海媽媽說：「我見到他同學自殺的新聞，我很擔心！」

「李太，你別太擔心，我們就是來調查事件的來龍去脈。」何子彩說。

李太沒理會何子彩，她只看著冥金全。

「我入去看看他。」冥金全說。

他走到了李哲海房門前，直接打開門，一陣寒風從門隙中傳來，何子彩躲在冥金全身後，心跳加速。

「阿仔，有一位警察想跟你聊聊……」李太說。

冥金全用手擋著李太不讓她走前：「讓我單獨跟他談談。」

就算是白天，房間都非常昏暗，窗簾全關上，一個男生抱膝瑟縮在牆角。

冥金全走向他：「我是特別雜項調查小隊的警員冥金全，我有幾件事想問問你。」

李哲海沒有回答他，繼續低下頭瑟縮一角，口中在唸著什麼似的。

「他……是不是有什麼問題？要叫救護車嗎？」何子彩帶點緊張地問。

「不用，醫生也幫不到他。」冥金全說。

他們繼續走近李哲海，冥金全蹲了下來拍拍他的肩膊。

就在此時……

李哲海慢慢回頭……

他的身體沒有任何動作，只是頭顱一百八十度轉了過來！他的瞳孔已經染成紅色，臉上黑色血管暴現！

他一口咬住冥金全的臉頰，用力一扯，冥金全整個眼球連同血水都被他咬了出來！

「呀！」何子彩瘋狂大叫。

下一秒，畫面變成了漆黑。

……

…

.

「他一直把自己困在房間沒過來，已經兩天了，東西也不吃！」李哲海媽媽說：「我見到他同學自殺的新聞，我很擔心！」

畫面回到了一分鐘之前。

何子彩全身都是冷汗，呆呆地看著房門。

「我入去看看他。」冥金全說，他看著何子彩有點不妥：「妳怎樣了？」

何子彩捉著他的手臂：「別要進去！」

「發生什麼事？」冥金全問。

「有……有危險！」何子彩神情緊張：「他會咬你！他會咬你的眼睛！」

冥金全好像已經知道發生了什麼事，然後他WhatsApp聯絡朱富城。

「發生了什麼事？」何子彩問。

「沒事的，」冥金全站起來：「妳跟在我後面就可以。」

「但……」

李太莫明奇妙地看著冥金全。

何子彩也不知道自己要怎樣阻止他，說自己看到幻覺？冥金全會相信？

冥金全走到李哲海房門前，直接打開門，寒氣四散。

「看來，這次有點棘手。」他在自言自語。

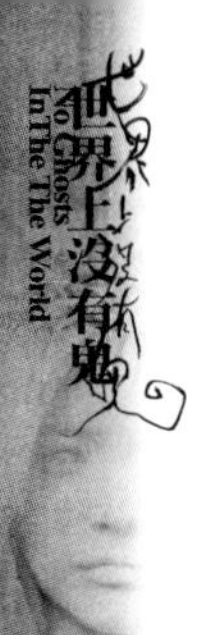

房間非常昏暗，窗簾全關上，李哲海抱膝瑟縮在牆角。

「李哲海，我是特別雜項調查小隊的警員冥金全，我有幾件事想問問你。」他走近李哲海，然後蹲了下來。

「你要小心！」何子彩只敢在門外看著他。

冥金全沒有理會她，在衣袋中拿出了一把五米長的軟尺，何子彩不明白他想做什麼。

只見李哲海頸部有發黑的情況，冥金全把軟尺拉出八十厘米，然後……

他二話不說用軟尺纏在李哲海的頸上！

「#$1#^{7*}@%*@6&！」

李哲海不知道在說出什麼，樣子變得猙獰，口中不斷吐出黑色的液體！

「你在做什麼？！」李哲海媽媽非常驚慌。

冥金全大叫：「有東西在他的身體內！伸手入他口中，拿出一束黑色頭髮！」

「什……什麼？」何子彩看到這情況呆了。

「伸手入去！快！」冥金全鬆開軟尺，雙手把李哲海的口張開！

「不……不行……」何子彩看著黑色的液體在李哲海口中不斷流出。

「這是唯一救他的方法！不然他會死！」冥金全看著她：「這是命令！快！」

何子彩看著冥金全認真的樣子，她用力點頭。

她慢慢把手指伸入李哲海的嘴巴之內，李哲海發出了不像人類的叫聲！

「我要拿什麼？！」何子彩心也慌了。

「頭髮！在喉嚨位置的頭髮！有沒有？！」

何子彩把手伸得更入，李哲海發出了可怕的喉嚨聲！

就在她快要把手指完全伸入他喉嚨時，她觸摸到一些東西……

她用力的一扯！

何子彩太用力，整個人向後跌到木門！

李太看著木門，木門傳來了撞擊的聲音！

李哲海大叫一聲，然後昏迷過去！

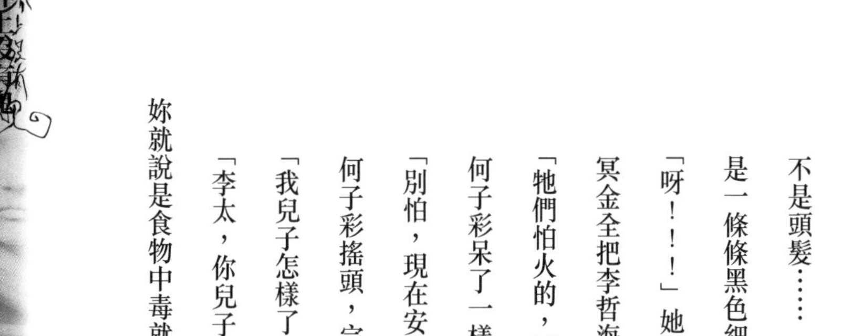

何子彩看著手上東西……

不是頭髮……

是一條條黑色細長的蟲！在她手上蠕動！

「呀！！！」她用力地搖手，希望把蟲甩走。

冥金全把李哲海放下，然後走到何子彩身邊。

「牠們怕火的，要用火燒。」冥金全用打火機把地上的黑色蟲燒掉。

何子彩呆了一樣看著他。

「別怕，現在安全了。」冥金全笑說：「我不是說過嗎？有太多的案件人類是沒法偵破的。」

何子彩搖頭，完全不知道給他什麼反應。

「我兒子怎樣了？！」李太替兒子抹去身上的黑色液體。

「李太，你兒子暫時沒事。」冥金全回頭說：「我會叫救護車，不過，別跟他們說剛才發生的事，妳就說是食物中毒就可以了，不然我會被問長問短，而且之後有什麼事，我就沒法救妳兒子了。」

冥金全說出帶點威脅的口吻。

「知……知道！」李太用力地點頭。

整件事來得太突然，何子彩腦海中一片空白。

她在單位內，只記得冥金全最後問了她一個問題……

「妳想不想見到鬼？」

大埔拿打素醫院。

完成入院手續後，冥金全與何子彩坐在醫院的長椅上。

「冷靜下來了嗎？」冥金全看著前方走廊，醫護人員把一個已經掩上白布的屍體推過。

「嗯。」何子彩看著他：「不過，鬼不是晚上才出現嗎？」

「看來妳對它們很有興趣。」冥金全說。

「才不是！只是……只是我還未接受到……想知道。」她說。

「香港在一九八五年開拍了第一套殭屍片《殭屍先生》，自此以後，殭屍身穿清裝官服、把符貼上額上會停止動作、人類停止呼吸它們就找不到等等，變成了殭屍為人熟知的形象。」冥金全說。

何子彩聽著他說。

「就因為如此，當我們看到清裝打扮，就會立即想到殭屍。其他的鬼片也是一樣道理，當我們看到長髮披在面前的女人就會想到貞子、古老的洋娃娃就會聯想到『恐怖』兩個字。」冥金全大字形坐在長椅上：「鬼就是這樣出現。」

「我不明白，你意思是鬼都是電影製造出來？都是假的？」何子彩問。

「不，妳錯解我的意思，世界上真的有靈體存在，而靈體的存在，源於人類的**恐懼**。」冥金全說：「恐懼製造了鬼，而人類製造了恐懼。」

何子彩不明白他的意思。

「一、恐懼，二、仇恨，三、未了心事，它們的出現，都依照這三個原因。」冥金全說：「妳剛才跟我說，在妳的腦海中出現了我被咬下眼睛的畫面，對吧？」

「對！你死得很恐怖！」何子彩回憶起畫面。

冥金全認真地看著她：「這樣的情況，只會出現在『一種人』身上。」

「一種人身上？你說我有預知能力嗎？」何子彩問。

冥金全搖頭。

此時，冥金全的手機響起，是朱富城。

「大件事！」朱富城非常驚慌：「你剛才叫我調查的事！大件事！」

剛才在李哲海的家，冥金全WhatsApp過朱富城。

朱富城滔滔不絕地對著冥金全說出那「大件事」，冥金全沒神沒氣地聽著。

「嗯，我知道了。」冥金全聽完後回答。

「你問我那個女警的事……等等……什麼？你完全不意外嗎？你一早已經知道？」朱富城大叫：

「媽的！為什麼當天你不跟我說？！」

「我今天才知道呢。當天你看不到，只是你們的『頻率』還未對上。」冥金全好像已經習慣了解釋：「放心，她不會害你。」

朱富城說的大件事是什麼？

冥金全掛線後，看著身邊的何子彩。

朱富城剛才的通話……

「你問我那晚女警的事，那個叫何子彩的女警，在兩個月前一宗兇殺案中，已經死去！」

畫面回到太和邨麗和樓單位之內。

……

…

·

「李太，你別太擔心，我們就是來調查事件的來龍去脈。」何子彩說。

李太沒理會何子彩，她只看著冥金全。

她不是沒理會何子彩，她根本看不見她。

……

「我入去看看他。」冥金全說。

「阿仔，有一位警察想跟你聊聊……」李太說。

李太是說「一位」警員。

……

「發生什麼事？」冥金全問。

「有……有危險！」何子彩神情緊張：「他會咬你！他會咬你的眼睛！」

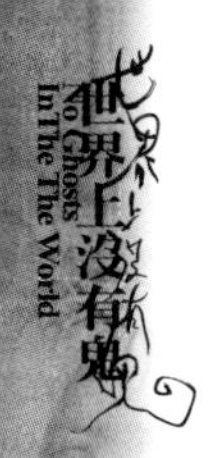

冥金全好像已經知道發生了什麼事。

「沒事的，妳跟在我後面就可以。」冥金全站起來。

「但……」

李太莫明奇妙地看著冥金全。

李太看到冥金全自言自語，覺得莫明奇妙。

……

她用力的一扯！

何子彩太用力，整個人向後跌到木門！

李太看著木門，木門傳來了撞擊的聲音！

李太只聽到木門傳來了撞擊的聲音，根本沒看到何子彩。

……

…

．

醫院長椅上。

「妳想不想見到鬼？」冥金全再次問這個問題。

「不想！完全不想！」何子彩說。

「我也不想，不過因為有太多的『心願未了』，讓它們出現在我的眼前。」冥金全說：「本來，我也很怕見到它們，不過這麼多年來，慢慢我已經習慣了，有時，我想見到鬼，多過冷漠又自私的人類。」

冥金全看著她苦笑。

「妳這樣的情況，只會出現在一種『人』身上。」

冥金全想起了剛才對她說的一句說話。

何子彩出現幻覺後，冥金全對她說出的說話。

是何子彩有預知能力？

不，錯了。

她為什麼會出現幻覺？

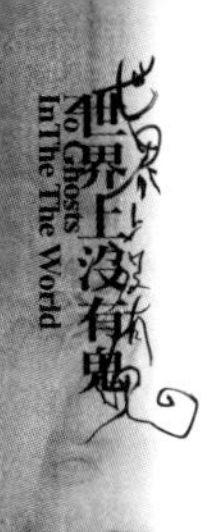

幻覺會出現在「那一種人」身上？

會出現在……

「已經死去卻未知道自己已經死去的人身上。」

醫院內，兩個護士正看著登記處前方的冥金全，一個人坐在長椅上……

自言自語。

靈異事件部

Chapter 02

觀塘彩興路山邊的一間小屋，這裡就是靈異事件部的總部。

除了冥金全，還有兩位MESUS的成員，他們都是負責靈異的案件。

「冥，那宗自殺案跟進得如何？」一位中年的大叔問，他的髮線已經向後移。

他是靈異事件部的主管，月協安老頭。

「很棘手，還要點時間。」冥金全看著手上的資料：「我救了一個，兩個自殺死去，一個下落不明。」

資料上寫著死去的除了趙施蕙，還有另一個叫朱美婷的女生，她在趙施蕙死後半天也跳樓自殺身亡，而冥金全說拯救的人就是李哲海，還有一位叫何寬的男生，目前下落不明。

「賴玟去了哪裡？這次可能要她幫忙才可以『破案』。」冥金全說。

月協安大叔指指總部的另一房間。

「我去看看。」

冥金全走到房間前，看著門牌寫著「培訓班」。

他打開大門，看到一個短髮的女人正在授課，她就是冥金全另一位同事，冤賴玟。

班上只有三個人，兩男一女。

「冥Sir你好！」李東明看到冥金全立即站立敬禮。

「叫我冥就可以了，你先坐下。」冥金全看了冤賴玟一眼，然後坐到班課的後座。

冤賴玟雖然理了一個短髮，不過卻給人一份充滿女人味的感覺。

「我們繼續。」冤賴玟說：「剛才說到我們沒法看到空氣，不過我們可以感受到空氣的存在，吹起風我們會感覺到涼快，我們可以感受到氣體流動現象，依照這個理論，只要有某一種『媒介』，我們就可以感受到……『靈體』。」

三個學員用心地聽著冤賴玟解說。

冤賴玟詳細地解釋人類所認知的鬼、邪靈、怨靈、鬼魂、魔鬼、妖怪等等，就如冥金全所說，「鬼」的存在，是依據恐懼、仇恨、未了心事，這三個基本原因而出現，即是說……

「如果沒有人的存在，就沒有鬼的出現。」冤賴玟說。

「Madam，我不明白。」其中一位紮馬尾的女警安喬伊舉手問。

「等我先說完才發問。」冤賴玟在白板上寫著。

「恐懼」。

是人處於驚慌與緊急狀態所產生的一種感受，恐懼的生理反應包括了心率改變、血壓升高、冒汗、顫抖等等，而在心理上，恐懼會讓大腦出現一些模糊訊息，我們暫可稱之為「幻覺」。

「以上都是科學所認知的領域，不過，科學還沒發證實的，『恐懼』有一種超自然力量，可以讓『鬼』在現實中出現。」冤賴玟指著白板上恐懼二字：「相信鬼存在的人，心理上都會期望『想或不想』看到某東西，因為恐懼的出現，所以相信有鬼存在的人更容易看到鬼。」

「仇恨」。

是一種強烈敵意、反感、不滿的情緒，多數由受傷害或受冒犯的感受所產生。如果「恐懼」是生存的人感受，那「仇恨」就是死後還留存下來的感受，就如「心事未了」一樣，存在於空氣之內。

「這三種情況，都會衍生出『靈體』。」冤賴玟說：「聽著我解釋，好像很科學，又不像科學，對嗎？沒錯，如果我們只把事物分類成『科學』與『不科學』，這只是我們人類一廂情願的分類方法，其實世界上，有太多事情不能用這方法分類，就如生物分類學一樣，世界上不只是有植物與動物，還有介於生物和非生物之間的物體，比如病毒、古菌、細菌等。」

「呵……」

冥金全打了一個呵欠，在場的四人也一起看著他。

「沒事！沒事！請繼續，哈哈。」

冤賴玟給他一個眼色，然後回看三位學員。

「剛才說的是簡單對『鬼』介紹，現在我想跟你們說非常重要的事。」冤賴玟說：「在過去三年之間，有十二個加入我們部門的人，當中有十一個人已經退出。」

「還有一個呢？」最後一位警員楊傲巴問。

「死去。」

冥金全說出兩個字後，走上前。

「你們三個要知道，加入我們MESUS靈異事件部有兩個條件，就是不怕鬼，同時，跟任何人都要說『世界上沒有鬼』。」冥金全點起了香煙：「而且不幸殉職，不會有任何特別的安排，不要以為好像電影一樣能夠在浩園下葬，也不會有什麼特別的補償。」

「冥！」冤賴玟想他住口。

「別要浪費時間吧，直接跟他們說比較好。」冥金全總有自己的一套：「如果要加入，什麼髮型衣著我們通通都不理，但你們一定要知道，調查靈異事件不是講玩的，跟那些只是在街上行行企企的警察完全不同，我們會有很大的風險。」

「以機會率來計算，十二人也只有一人殉職，機會也不算太高，其實也不是太可怕。」俊逸的楊傲巴說：「我才不怕，我不會退出！」

「媽的，其實死了可能更好。」冥金全把煙吐到他的臉上。

「什麼意思？」楊傲巴問。

「那十一個退出的人，有八個現在還在精神病院。」冥金全認真地說：「有些怨靈一直還纏著他們，求生不得，求死不能。」

三個想加入MESUS的警員也瞪大了眼睛。

「我不是在嚇你們，但你們要知道，我們要對付的，不是手槍就可以殺死的物體，它們會入侵你這裡。」冥金全指著自己的腦袋：「讓你沒法走出恐懼。」

「好了好了，今天時間也差不多，明天同一時間再來上課。」冤賴玟拍拍手打圓場，然後在冥金全的耳邊說：「你留下來！」

「我正想找妳。」

三位警員離開後，房間只餘下他們二人。

「冥，你為什麼要嚇他們？」冤賴玟有點生氣。

「我不是嚇他們，我只是說出事實！」

「你明知我們人手不足！」

「如果是畏手畏尾的，加入也沒有用吧！」

「但這樣下去，沒有人會願意加入我們！」

「方文天。」冥金全吐出了煙圈。

冤賴玟看著他，沒有反駁下去。

方文天是死去警員的名字。

「我不想再有人像方文天一樣下場。」冥說。

「那件事不是我們的錯！」冤賴玟說。

此時，楊傲巴回到課室：「對不起，我忘了拿筆記。」

冥金全看著他走到坐位時的背影，想起了方文天。

「好吧，我真的需要人幫手。」冥金全嘆了口氣：「他叫什麼名字？」

「楊傲巴。」冤賴玟說。

「什麼Oppa？算了。」冥金全看著他大叫：「楊傲巴！」

嘿。

「Yes Sir！」他回身看著冥金全。

「你已經決定了加入我們嗎？」冥金全問。

「沒錯！其實我已經知道會有危險，不過我不害怕！」楊傲巴認真地說。

「跟那個白痴方文天一樣。」冥看著冤賴玟輕聲地說，然後他看著楊傲巴：「今晚有任務，跟我來。」

「真的嗎？我已經可以查案？」楊傲巴不敢相信。

「如果你不想去，我就選擇另外兩個人。」

「不！冥Sir！我去！」

「我跟你說，別要再叫我冥Sir，要叫就叫我金全或者冥。」冥用手插入長髮髮根之中：「總之，無論今晚出現什麼突發的情況，也要聽我的命令，知道嗎？」

「知道，冥Sir……」楊傲巴立即改口：「知道，冥！」

「我要去調查另一宗案件。」冤賴玟說：「傲巴，這是你第一次出門調查，你自己要小心。」

「Yes Madam！請問……我們今晚要去哪裡？」楊傲巴問。

「大埔電子遊戲機中心！」

晚上凌晨二時。

大埔區某家通宵營業的茶餐廳。

「冥，我們要如何分辨真的看到鬼，還是幻覺？」傲巴問。

「狠間蛋……」冥把口中的出前一丁吞下：「最簡單的分辨方法，當一個人看到的很大機會是幻覺，而兩個人以上都看到，就很有可能是鬼。」

「我不明白，如果在一班人中，只有一個人有陰陽眼呢？」他喝了一口凍檸茶。

「陰陽眼？」冥苦笑了一下：「你知什麼是陰陽眼？」

「就是可以看到靈體。」

「當我們人類用眼睛看到某東西時，是由視覺中心傳送到大腦。」冥指著他的眼睛：「次序是光線、角膜、瞳孔、晶狀體折射光線、玻璃體，然後視網膜形成影像，視神經傳導視覺信息，最後在大腦視覺中樞形成視覺。」

傲巴沒想看似粗枝大葉的冥會懂得這些。

「你說的『陰陽眼』，就是沒有經過這個視覺傳送次序而出現的視覺。」冥說。

「如果沒有經過這個傳送次序，我們又怎可能看到靈體？」傲巴問：「不，應該說，沒有這程序，我們什麼也看不到。」

「你合上眼。」冥說。

「OK！」

「你看到了什麼？」

「什麼也看不到，一片漆黑。」

「你面前有一隻女鬼，只有一個頭浮在半空，她臉色鐵青，叫著你的名字……傲巴……傲巴……」

「女鬼的頭出現了！」傲巴說，然後張開眼睛。

「你明白不經視覺中心出現的『視覺』了嗎？」冥喝了一口咖啡：「我們不是用眼睛看到靈體，而是『心靈感覺』，當然，大部分都可能只是幻覺，所以才會這麼多人打上電台說什麼自己看到鬼之類的事。早幾天，找我調查這案件的警員朱富城，他也看不到某位靈體，因為『心靈感覺』的頻率對不上，所以看不到，啊？等等，應該還有另一個可能。」

「是什麼？」

「靈體不想被看到。」

「靈體自己也可以選擇？」傲巴問。

「是可以的，不過……算了，那不關你的事，總之我們不是用眼睛看到靈體。」冥金全說。

他想起了何子彩，因為何子彩根本不知道自己已經死去，她為什麼會選擇不給其他人看到她？還是有什麼原因？

「原來如此。」傲巴說：「你意思是，其實『陰陽眼』只是感覺？」

「你有沒有聽過一個不相信有鬼的人會說自己有『陰陽眼』，可以見到鬼？」冥反問。

「不相信有鬼又怎會看到鬼？」

「就是了，所以是『心靈感覺』問題，而非有沒有陰陽眼。也因為墨菲定律（Murphy's Law）的第四點，當你擔心某種情況會發生，就更有可能發生，就像見鬼的情況一樣。」冥說：「你繼續在我們部門工作就會明白更多。」

「沒想到，冥你真也很有學識，你所說的事都很科學。」傲巴說。

「你是在讚我嗎？看我外表不似有學識的人？」冥摸著自己臉上沒剃的鬚根：「你忘了賴玟上課時所說的？如果把事物只分類成科學與不科學，你就沒法真正看清楚真相。」

「明白，我會學習的！」傲巴突然想起一件事：「今天我聽到你們所說的那位師兄，方文天……」

「走吧。」冥打斷了他問題：「是時候出發了。」

「知道！」

他們二人離開茶餐廳，來到了電子遊戲機中心對面，看著中心的大門。

「冥……」傲巴的口在震：「你說多於一個人看到的，就不是幻覺，你……看不看到……」

在大門前，站著一個男人。

「當然看到。」冥掉下了香煙：「走吧。」

他們二人走向遊戲機中心的大門，傲巴躲在冥身後。

「對不起，我們遲到了。」冥說。

「什麼？你跟鬼打招呼？」傲巴看著那個中年男人。

「什麼鬼？他是遊戲機中心的老闆！」

「你們來了就好！我幾天也沒開門做生意了！」老闆馬叔說。

「等等，我們不是來捉鬼的，我們是來調查。」冥說。

「什麼都好，總之是……『很猛』！」馬叔說：「我侄仔已經失蹤多日了！」

當天凌晨，馬叔回到遊戲機中心，他看到五個學生在自己遊戲中心，其中一位女生穿著上校服，

但當時其實只有四個人。

……

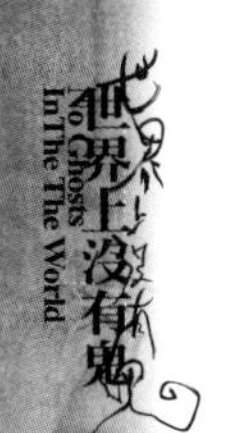

……

．

那晚。

馬叔去完洗手間後回到遊戲機中心，只餘下那個穿著校服的女生，當時，馬叔問她其他人去了哪裡，那個女生說他們全都走了。

「那妳為什麼不走？」馬叔看著她長髮的背影。

「我要去哪裡？」她說。

「去哪裡？不就是回家吧。」馬叔拿出手機：「我叫阿寬回來，妳一個女生回家不安全，我叫他送妳回去。」

「你人真好。」她說。

此時，馬叔的手機響起。

「寬！我正想找你！你有位同學……」

「馬叔！她還在？」阿寬聲線非常驚慌：「我們不認識她！」

「你說什麼？」

「不！我們只有四個人來遊戲機中心，不是五個！」

馬叔呆了一樣：「你……你是什麼意思？」

「我們四個人！沒有人穿校服！她是……鬼！」

馬叔放下了手機，慢慢地把視線移向那個女學生的位置……

他什麼也看不到，只看到白茫茫一片……

忽然，一張臉色蒼白，眼珠全紅的女生，跟他在不到兩厘米的位置對望！

「嘩！」馬叔大叫，然後從後門飛奔離開！

……

…

．

回到遊戲機中心門前。

馬叔把事件經過告訴冥。

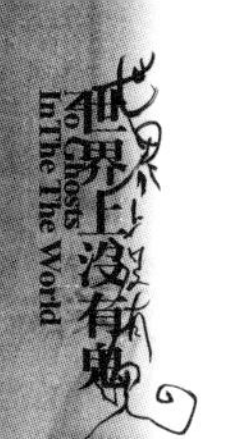

「你相信我嗎？」馬叔問。

冥想了一想說：「我相信你，走吧。」

「你來開門吧，我真的很怕！」馬叔說：「我走在你後面！」

「不用鑰匙？」冥問。

「鐵閘的門沒有鎖。」馬叔說。

冥皺一皺眉頭，他把大門打開，寒風已經吹向他們三人。

「冥，我……我要做什麼？」傲巴說。

「看到什麼就做什麼吧。」冥說：「就當是實地考察。」

實地考察？

冥說得輕鬆，不過，這次是傲巴第一次進行靈異的調查，他手心冒汗，心跳加速。

他們三人走入了漆黑一切的遊戲機中心。

「馬叔，開燈。」冥打開了手機的電筒。

「等等，你沒有準備十字架、佛珠之類的工具嗎？」馬叔問。

「沒用的東西要來幹嘛？」冥說：「快開燈吧。」

「好，我先開燈。」

「你們……你們有沒有嗅到奇怪的味道？」傲巴問：「很臭！臭得要死！」

「未進來時已經嗅到了。」冥凝重地說。

燈光打開。

「什麼？！」傲巴大叫。

他不是看到什麼奇怪的東西，而是……消失了！

馬叔在開燈的一刻，消失了！

「剛……剛才……」

「一個人看到的，多數是幻覺，一個人以上看到的……」冥還未說完，立即走入遊戲機中心：「這邊！」

冥走向遊戲機中心收銀櫃台。

異味就是從這裡傳來！

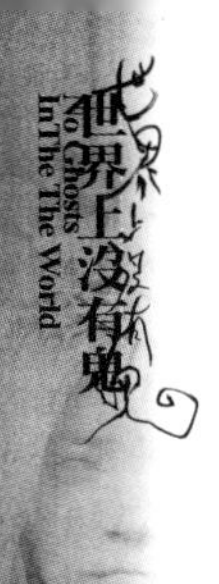

「冥Sir！」傲巴也快速跟著走。

「媽的……」冥看著櫃台地上的東西。

一具已經充滿屍蟲的屍體！

馬叔的屍體！

看見屍體，加上那奇臭的味道，傲巴已經不禁吐了出來！

「這就是屍體的臭味，未來你可能會經常嗅到。」冥蹲了下來看著馬叔的屍體，他對惡臭完全沒感覺：「不可能的……屍體已經腐爛，已經死去很久……」

「剛才看到的……是馬叔的鬼魂？」傲巴非常驚慌。

「傲巴，幫我聯絡月協安老頭，叫他調查一下遊戲機中心有多久沒開門做生意。」冥說：「還有，幾天前朱富城跟警員來調查的事。」

「知……知道！」傲巴只能扮作鎮定。

就在此時，遊戲機中心的燈突然關上，漆黑一片！

「呀！」傲巴大叫。

「馬叔！別要這樣，我們是來幫你的！」冥打開了手機的燈：「我想知道究竟發生了什麼事！你為什麼會死？剛才為什麼要說謊？」

傲巴也打開了手機燈，他照著大門的鐵閘：「冥！那邊！」

在大閘前，一個男人低下頭站著，他的身上散發著讓人作嘔的味道。

「馬叔。」冥慢慢地走向那個男人：「是你嗎？」

他的手機燈由大範圍慢慢縮窄到只照著他的頭顱。

「我……沒心的……我也……不想這樣……」馬叔低聲地說。

那心寒的聲音，讓人起了雞皮疙瘩。

「你說什麼？」冥小心翼翼地接近他：「我會幫你，你跟我說，到底發生了什麼事。」

馬叔沒有說話，他只是一直低下頭。

遊戲機中心靜得讓人耳鳴。

「馬叔………」

「賤種！去死！」

馬叔大叫，雙手捉住了冥的頸！

「冥！」傲巴看到大叫。

「媽的！」冥快速從衣袋中拿出軟尺，然後拉開纏在馬叔的手臂。

手臂立即著火！

「不知好歹！我本來是來幫你，你現在要殺我？」冥完全不怕他。

馬叔抬起了頭，他的樣子比那具腐屍更恐怖，爛肉快要掉下，臉上的五官根本分不清楚眼耳口鼻！

「賤男人！」他大叫。

冥把軟尺拉長到八十厘米，攻擊馬叔的臉！可惜，他的攻擊落空，馬叔消失於他的面前！

「傲巴，快開燈！」冥大叫。

傲巴已經嚇到六神無主，只是呆了一樣站在原地。

「幹！」冥心知道不妙，立即衝向傲巴。

「鬼……鬼……」傲巴只不斷吐出這個字。

冥拿出一支削尖的牙刷，然後在傲巴的手臂上劃了一下！血水立即噴出！

「聽著！你聽著！」冥捉住他的頭髮：「痛嗎？痛楚讓你清醒！別要被上身！」

傲巴的瞳孔放大：「知……知道！」

「快去開燈！」

「是！」

傲巴快速走到燈掣位置開燈，光管一支一支慢慢地亮起。

沒有其他人，只有冥與傲巴。

「媽的，他的怨氣很重，看來用『那個計劃』是對的。」冥說。

「什麼計劃？」傲巴問：「鬼……鬼怕光的嗎？」

「才不是，你看電影太多了嗎？還是看了《鬼滅之刃》？」冥慢慢地走向傲巴：「要你開燈有兩個原因，一是我可以看清楚環境，二是……」

冥快速用軟尺纏在傲巴的頸！

「你……你做什麼？！」傲巴大叫。

「還用問嗎?還在裝什麼?!」

冥把他整個人拉下，然後拿出一個鐵鉗，放入傲巴的嘴巴中!

傲巴本想阻止，卻因為手臂上的傷，加上後頸被纏著，沒法發力!

「傲巴，你只是第一次來……」冥一面說，一面把鉗伸入他的喉嚨。

他把鉗伸得更入，傲巴的喉嚨出現了噁心的聲音!

「你根本不會知道燈製在哪裡!」

靈異事件部06

冥話一說完，立即把鉗拔出，從傲巴的口中拔出一堆黑色細長的蟲！

傲巴立即吐出了奇臭的嘔吐物！

冥拿出一個防風火機打著火，然後掉向那堆黑色的蟲，蟲立即被燒死！

「發……發什麼事？」傲巴現在才真正清醒。

「等著！」冥沒有多說半句，立即走到馬叔那具腐屍的位置。

他拿出一塊寫上梵文的紅布蓋在屍體的臉上，然後用尖牙刷插入！

立刻出現了讓人耳鳴的叫聲！

「別要再出現！」冥說。

他拔出尖牙刷，整支牙刷也染成了黑色，然後冥把牙刷收入了一個保鮮袋中。

傲巴按著自己受傷的手，走了過來。

「剛才……發生了什麼事？」他看著冥的背影。

「總算安全了。」冥回頭說：「剛才你被他上身。」

「什麼？什麼時候？」

「在你意志最弱的時候。」

冥剛才用尖牙刷劃傷傲巴，根本不是要讓他清醒，只是想他沒法對付自己。他叫傲巴開燈，也不是什麼「鬼怕光」，只是想知道傲巴是不是被鬼上身。第一次來的傲巴不會知道燈掣的位置，只有馬叔才會知道。

很明顯，他非常肯定馬叔已經上了傲巴身，馬叔想在冥對傲巴最低戒備之時，傷害冥！

「他們會利用人類來對付人類。」冥拿起那個放著黑色牙刷的保鮮袋：「現在馬叔的鬼魂已經沒法發惡了。」

「原來……原來是這樣。」傲巴的汗水流下，看著馬叔的屍體：「等等，你明知道會這樣也帶我來調查？」

冥站了起來：「嘿，沒錯。」

傲巴第一次調查一點用處也沒有？不，冥根本就是要傲巴成為被上身的對象，這樣才可以更容易對付在遊戲機中心的鬼魂。

這就是冥的「計劃」。

「你為什麼不一早跟我說！」傲巴有點生氣。

「難道我跟你說要你被鬼上身？」冥笑說：「你還會跟著來嗎？」

「這……」

「別忘記，我們靈異事件部就是這樣的部門，如果你怕死，就退出吧。」冥收起了笑容。

傲巴吐出了口水：「不，我才不會這樣退出！」

「那你就快聯絡協安老頭，叫人來支援！」冥看著遊戲機中心的天光：「事件還未完結的。」

「知……知道！」傲巴準備打出電話：「剛才那隻上我身的鬼，是那個馬叔？」

「嗯。」冥沒有移開視線，一直緊盯著天花的牆角。

傲巴回頭看著天花的牆角，什麼也沒看到。

「冥，你……你在看什麼？」他問。

「沒……沒什麼，我們先離開吧。」

本來神氣的冥突然收起了笑容，額角也佈滿了汗水。

傲巴沒有多問，一走出遊戲機中心，他立即要求支援，很快警員來到，包括朱富城。

冥坐在遊戲機中心門前的石壆上，而傲巴跟朱富城在交代事件。

「冥，你由剛才開始就有點奇怪……」傲巴走到他身邊問：「究竟發生什麼事？」

「她看著我。」

「她？剛才你看著天花……」傲巴想了一想：「你說『她』在天花上看著你？」

冥搖頭。

「不是在天花上，而是在我的……下巴位置……」

「什麼？！」

畫面回到十數分鐘前。

……

…

·

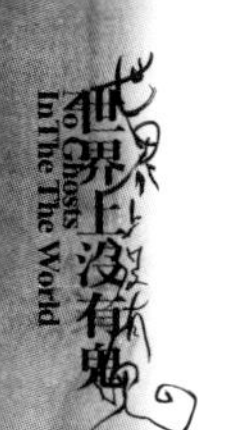

剛才，冥不是看著天花，而是不、敢、向、下、看！

冥的眼尾看到有東西飄浮在他的下巴位置！

一個穿著校服的「她」，整個人打平飄浮在半空！

冥知道不能跟她對望，不然會被她控制！

同時，他也知道……這次的案件絕不簡單！

……

……

…

回到遊戲機中心門前。

冥的手機響起，是冤賴玟。

「遊戲機中心已經一個月沒有開。」她在電話說。

同一時間，朱富城從遊戲機中心走出來。

「冥，驗屍官初步估計，那個馬叔已經死去至少一個月。」朱富城說。

「怎可能？」傲巴狐疑：「那晚他不是回到遊戲機中心看到有五個人？學生有跟家人說出了當晚發生的事，我看過當區警員跟學生家長錄取的證供，學生都是這樣說的！」

「學生家長的證供沒有問題，問題是剛才馬叔在說謊，他可能也被控制了。」冥說。

靈體能夠控制另一個靈體？

沒錯，靈體也有分「級數」。

冥從石壆站了起來。

「富城，這案件你要全權交給我們。」冥認真地說：「不然……會死更多人。」

他回頭看著遊戲機中心，皺起了眉頭。

為什麼馬叔會死？

為什麼會出現一個女學生的鬼魂？

冥心中不斷地猜想著。

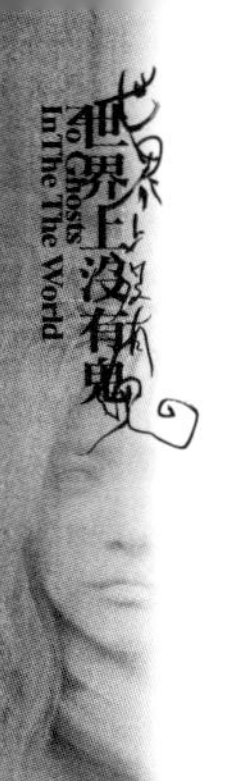
世界上沒有鬼
No Ghosts In The The World

調香 Chapter 03

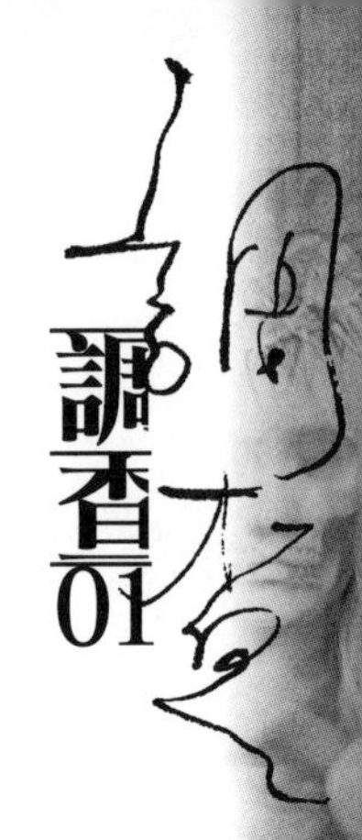

靈異事件部。

冥金全、冤賴玟、月協安，還有三位新成員楊傲巴、安喬伊、李東明正在開會。

「不明白！我不明白！」最多說話的李東明說：「冥大哥你說眼尾見到女鬼不敢留下來，不過當支援來到後，他們不是走入去遊戲機中心嗎？」

「你有沒有見過鬼出現在紅磡體育館演唱會？」冤賴玟反問他。

「是陽氣嗎？人多時它們就不會出現。」另一個紮馬尾的安喬伊問。

「以你們認知的就是叫『陽氣盛』，不過，真正原因是當警方在認真工作時，不會感受到『恐懼』，當恐懼沒有包圍整個環境時，『它們』就不會現身，所以你不會在紅館或是很多人的鬧市中看到鬼。」賴玟解釋：「當然，靈體也可以選擇現不現身。」

「所以當一班人一起講鬼故時，恐懼就會籠罩整個環境，鬼就有機會在旁邊聽著。」月協安老頭說。

他們三位新成員看著部門的四周，心中一寒，他們不就是正在討論著「鬼」嗎？

「我除了因為要讓靈體上你身，還因為你的恐懼，會讓『它們』更容易出現。」冥對著傲巴說。

「我明白了。」傲巴點頭：「不過，我還是不太了解，你為什麼最後要走？你不是有方法可以對付那隻女鬼嗎？」

冥搖頭：「首先，我們不是什麼神父與師傅，不是要對付靈體，我們只是要調查有關的靈異事件，至於為什麼我要走……」

「總有些我們沒法應付的靈體。」月協安補充：「而冥可以感覺到鬼是什麼『等級』。」

很明顯，冥知道自己沒法應付那個女學生冤靈。

「那隻女鬼並不好惹。」冥說：「如果我跟她對望，我怕自己會被她控制。」

「有這麼……這麼厲害嗎？」傲巴問：「但為什麼我又不看不到？」

「這就是重點了。」冥指著他說：「這代表了什麼？」

他們三人也在思考這個問題。

「會不會她只是想讓你一個人看到她？」安喬伊說。

「然後呢？」冥再問。

「她想你知道她的存在！」傲巴說。

「Bingo！這也是我心中的答案，她想我知道她的存在，而且安排了我能夠聯絡上馬叔。」冥撥一撥長髮說：「我們回到正題，這次的案件……」

他把整塊白板反轉，上面已經寫滿了這案件的時序與線索。

一、一個月前，遊戲機中心開始關門至今，一直沒有營業，而馬叔也在大約一個月前死去，死在自己的遊戲機中心，屍體發現時已經腐爛。

二、兩星期前，何寬、李哲海、朱美婷、趙施蕙四人來到遊戲機中心講鬼故。

三、在他們的證供中，都出現了馬叔這個人，而且都說馬叔看到第五個女學生，而他們當時立即離開了遊戲機中心。

四、講鬼故事件翌日，朱美婷與趙施蕙自殺死去，何寬失蹤至今。

五、事後朱富城曾經帶同部下到過沒開門的遊戲機中心，卻沒有任何發現，當時沒有發現馬叔的屍體。

六、冥去到另一個學生李哲海的家，救了已經中邪的他。

七、一天後，冥與傲巴來到遊戲機中心調查，發現馬叔的鬼魂與馬叔已經發臭的屍體。

八、查出馬叔已經在一個月前死去，同時，冥感覺到另一個女鬼在遊戲機中心出現。

九、在整個調查過程中，出現了「何子彩」，她首次出現在趙施蕙跳樓自殺的位置，然後就是李哲海的家，之後至今再沒有出現。

白板上，貼著不同的相片，寫上了不同的時序。

「大家，有沒有什麼發現？」冥問。

「等等，何子彩是誰？」傲巴問。

「一個不知道自己死去的女靈體。」冥說：「根據我多年的經驗，在同一單案件時間內出現的靈體與人物，都有關聯。」

「就好像金田一一樣吧？兇手會在那群被困在孤島的人之中，都會有關聯，哈哈！」李東明說。

全場人一起看著他。

「哈哈，我只是打個比喻！」李東明摸摸後腦傻笑說。

「有問題。」安喬伊說：「如果馬叔在一個月前已經死去，為什麼那晚會出現在那班學生面前，而且說看到五個人？」

「還有，如果警方已經到過遊戲機中心，為什麼沒發現馬叔的屍身？但我跟冥去時，又會出現呢？」傲巴問。

「還有還有，冥大哥說的女鬼，是不是就等同馬叔說的那個女學生？」東明說：「最重要是，為什麼她要讓這麼多人死去？」

「很好的問題，這些全部都是我們要調查的。」老頭協安說。

「即是我們已經可以加入調查案件？」東明高興地問。

「因為我們人手不足。」賴玟說：「冥已經決定了，把調查的一部分工作交給你們，即是說批准你們一起調查這次的案件。」

「嗯，不過調查會有一定的危險，你們還是決定參與？」冥說：「傲巴，你知道會有什麼危險吧？」

他指指傲巴的手臂。

「我明白的！」

「我一定可以幫到手！放心！」東明搶著說。

「如果我怕就不加入這個部門了！」喬伊說。

「很好，我會安排工作給你們。」冥點起了香煙。

「但我有一個問題！」東明舉起手發問：「如果槍沒法對付它們，當我們遇上它們時，有什麼方可以自保？還有，我們要怎樣知道它的存在？」

「我會給你們一些對付靈體的工具。」冥把一把軟尺掉給東明：「賴玟，你教學時沒跟他們說過如何感覺到鬼的存在？」

她搖頭：「教學課程還未完結，所以……」

「好了好了。」冥阻止她說下去：「你們三個記得鬼出現的原因嗎？」

「一、恐懼，二、仇恨，三、未了心事。」喬伊快速回答。

「沒錯，當恐懼出現，鬼就會出現，就像當你們疑神疑鬼時，不用懷疑，它就會在你的身邊。」冥說：「不過，靈體不一定在任何地方都會出現，之前跟你們過了，它們不會在紅館出現，卻會在沒人的後巷現身。」

「這裡呢？會有靈體在我們身邊聽著嗎？」東明四處張望。

「的確有這可能，不過，這麼多年來，也沒在總部見過鬼，應該說是沒有在這裡感應到有鬼。」冥說：「就像剛才說，靈體不一定於任何地方出現，就是這原因。」

「對於能否感覺到靈體都因人而異，比如冥就是很容易就可以感應得到，他的『心靈感覺』都比正常人強。」賴玟說。

「但我也不一定百分百知道誰就是『鬼』，就好像在遊戲機中心門前見到的馬叔，當時我也不知道。」冥說：「我是在進入遊戲機中心後才知道，賴玟你繼續。」

賴玟接著說：「簡單來說，如果是正常人，會出現幾種情況，比如耳鳴、打冷顫、起雞皮疙瘩，還有收不到電話，當然，出現這些情況也不一定會見到鬼，只是『鬼有機會出現』。」

「收不到電話？」傲巴想了一想：「在遊戲機中心內，的確是收不到！」

「為什麼會收不到電話？」喬伊問。

「它們是由我們人類因恐懼與仇恨製造出來的『某種力量』，只要是『力量』就有可能干擾其他在空氣中的電波。」冥打了一個呵欠：「教學真的很無聊，賴玟妳說下去吧。」

「你們有沒有試過坐公共交通工具時，會在某些地方收不到電話？香港的訊號覆蓋已經達到百分之九十九，但還是會在某些地方收不到訊號。我不是說什麼深山野嶺，我是說可能在市區，又有可能在高速公路，卻收不到訊號。」賴玟說。

「因為有靈體干擾？」東明問。

「沒錯，這是其中一個原因，在我們的生活中，也會有很多靈體出現的跡象，當然，人們都會說『世界上哪有這麼多鬼？』其實，它們因為人類的恐懼，而真實存在。」賴玟說。

喬伊一面聽著，一面抄寫著筆記，冥走到她的位置把她的筆記合上。

「不用抄了，明天開始加入調查妳就會明白更多。」冥說。

這句說話就是代表了，由明天開始，喬伊即將會接觸到……

「鬼」。

調查03

第二天早上，他們五人開始調查的工作。

冤賴玟與安喬伊找朱富城調查，因為在趙施蕙死後的第二天，朱富城來到遊戲機中心調查，可是什麼也沒有發現，連屍體也沒有。

「賴玟，沒見妳一段時間又變年輕了，怎麼MESUS這麼多美女？為什麼我們的部門一個也沒有！」朱富城笑說。

「別跟我來這套。」賴玟認真地問：「你那天真的什麼也沒發現？」

「對，當時連同我一共三個警員，都沒有發現馬叔的屍體！」朱富城說。

另一位男警員臉色鐵青：「我懷疑是……鬼掩眼！」

「如果真的是鬼掩眼，你們應該也嗅到味道吧？腐屍的味道這麼強烈。」喬伊說。

「它們不只是可以影響人類的視覺，連聽覺、嗅覺也可以影響。」賴玟說：「只是電影都只說『鬼掩眼』，沒有說其他感官而已。」

「女鬼從我身後用雙手掩著我的眼睛……我想起也雞皮疙瘩！」朱富城驚慌地說。

他想拿起咖啡喝，手一乏力，不小心把咖啡倒了出來。

「你的手沒事嗎？」賴玟問。

「沒事，沒事！老毛病，風濕發作！哈哈！」富城笑說。

「當天還有沒有其他古怪事發生？」賴玟繼續問。

「沒有什麼特別。」他說：「老實說，我也偵破很多案件，而這單應該是最詭異的一次。」

「不然，你就不會找冥來幫助調查吧。」賴玟說。

「啊？等等，我記起來了。」男警員突然想到：「我們聽到有滴水的聲音。」

「滴水的聲音？」喬伊抄下來。

「沒錯，由進入遊戲機中心已經聽到，很清晰的聲音，不過，我們找過也沒發現有地方漏水。」男警說。

「其實我沒聽到，不過他們兩個有聽到。」富城說。

「會不會是洗手間傳來？」

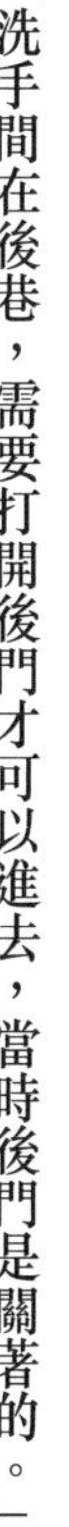

「洗手間在後巷，需要打開後門才可以進去，當時後門是關著的。」

「一間遊戲機中心這麼多電線，如果漏水會很危險吧。」賴玟喝了一口冰茶：「但又沒有發現漏水，很奇怪。」

「賴玟，這件案已經沒法用常理調查不是嗎？希望你們可以早日查出真相！」朱富城說。

「你也知道吧，有半數有關靈異事件的案件，就算找到了兇手，我們也沒法作出起訴。」賴玟說。

「也至少要找出真相。」朱富城認真地說。

朱富城看似不是一個很能幹的警員，不過，他還是希望可以找到事件的真相。

「放心吧，我們會盡力。」賴玟說。

朱富城離開後，她們兩個人留下來。

「他說的滴水聲，就好像我們睡覺時聽到波子聲、水管聲，還有家俬發出冷縮熱脹聲一樣！」喬伊說。

「有很多這樣的現象已經可以解釋到，都是大廈設計的問題，只是水管與水龍頭開水出現的聲音。滴水聲嗎？或者只是我們多想。」賴玟說：「不過，問題不是聲音本身，而是……『為什麼會讓他們聽到滴水聲』？」

她看著那隻咖啡杯，思考著。

……

…

．

另一邊廂。

楊傲巴與李東明來到了另一個MESUS部門，這裡放滿了警務處從一八四四年開始所有警員的資料。

他們的任務，就是要找出有關那個已死去的女警何子彩的資料。

「怎麼不把資料輸入電腦？」東明看著一排排的大櫃：「在電腦找不就可以了嗎？」

「你們兩個新來的有所不知。」資料部門的四眼職員周哥說：「電腦當然有資料，不過，有些不能公開的資料，就只會放在這裡。」

「例如我們靈異事件部警員的資料？」傲巴問。

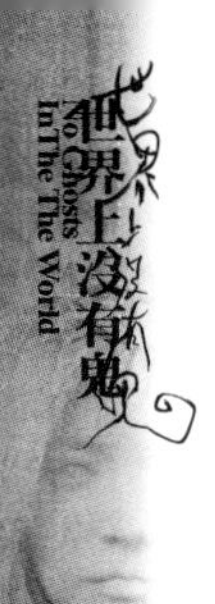

「你知道就好了。」周哥說：「阿冥叫你來找資料，當然不會在普通的警察內聯網中找到吧。」

「明白了。」傲巴說：「周哥，我們自己找可以了。」

「慢慢！」他揮揮手就走。

不久，他們二人來到了第四排的資料櫃，找到了何子彩的檔案。

「Oppa，你看！」東明指著檔案內的東西，好像發現了什麼。

檔案中，放著幾張相片，全都是一個女生被劏肚死去的相片！

「2021年八月，警員何子彩在一宗兇殺案中不幸殉職，體內內臟全被取走！」

傲巴讀著。

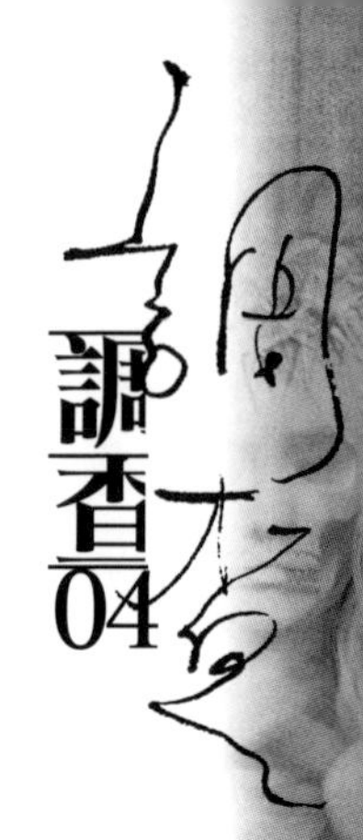

「何子彩被發現倒斃在長沙灣一個工業大廈單位之中，當時發現她已經被劏肚而死，心臟、肝、脾、肺、腎臟、膽、腸，還有子宮與卵巢已經被人從身體內取出，懷疑是跟她本身在調查的兇殺案有關。」

傲巴讀出了檔案的其中一些內容，這些資料絕對不會出現在正常的警察檔案之中。

「很殘忍！」東明看著檔案上何子彩相片：「這麼美的女生，二十三歲就被人這樣殺死了，真可憐！」

「兇手仍然在逃，未有被捕。」傲巴看下去：「痴線，要這麼殘酷去殺人嗎？」

「很噁心！」東明把血醒的相片給傲巴看：「不行！我不想看下去了！」

傲巴看著血淋淋的相片，他一張一張揭著，然後再看看檔案中的資料。

「很奇怪……」傲巴皺起了眉頭。

「怎樣了？」

「身體上的內臟都通通取出了，只有胃部還留在身體之內……」傲巴說：「為什麼兇手要這樣做？是有什麼原因？」

「只有一個原因，變態！」東明說：「我先出去抽根煙，你慢慢！」

東明說完離開檔案室，他經過櫃台前跟周哥打了個招呼。

「你有看到她嗎？」周哥問。

「看到誰？」東明反問。

「剛才那個女警。」

「女警？」

「對，你們進來不久她就來了，我看了她的警員證，好像叫……何子彩。」

「何……何子彩？」

東明口中含著的煙掉了下來，他立即飛奔回去傲巴那裡！

他走到第四排資料櫃的走廊，在兩邊一排排的文案櫃之間，他看到了傲巴，還有……

一個女人站在他的身邊！

「傲巴！」東明大叫。

傲巴看著走廊盡頭的他：「怎樣了？沒煙嗎？我有。」

「不……你……你……身……身邊……」東明指著傲巴身後。

「什麼？」傲巴轉面，他看到一個身穿軍裝的女警員，看著他手上的檔案：「嘩！」

傲巴嚇到整個人向後跌倒在地上，他手上的資料也同時掉在地上！

那個女人就是已經死去的何、子、彩！

「這是……我？」她蹲下來看著掉在地上血淋淋的相片。

同一時間，她的肚皮被割開，她身體內的腸與內臟開始湧出！

「不……不要……不要！」

她立即用雙手拾起湧出來的內臟！她想把血淋淋的內臟放回自己身體！

血水流到傲巴的腳邊，他只能呆呆地看著何子彩！

「你發什麼呆？！走！快走！」東明夠義氣，沒有掉下他，立即衝前把傲巴拉起離開。

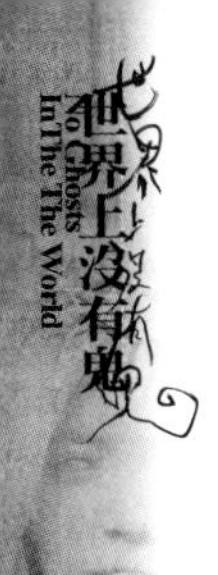

在走廊的轉角位置，傲巴再一次回頭看何子彩，她正用一對充滿血絲憤怒的眼神看著他！

何子彩……終於知道自己已經死去。

而且是……

被殘酷地虐殺！

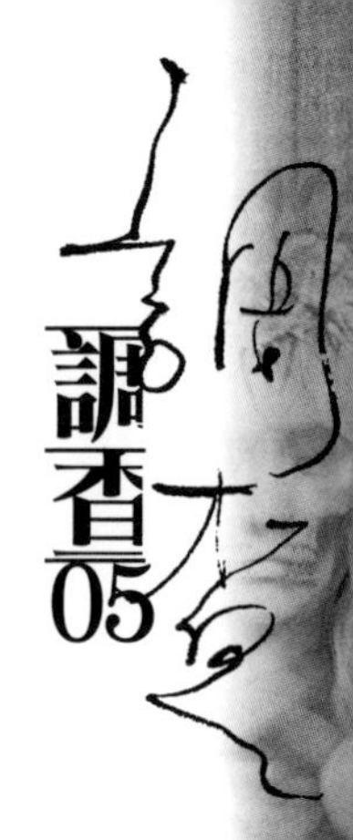

大埔投注站。

今天是跑馬日，一大班賭徒正在投注站外駐足。

冥來到投注站外，他要買馬？不，他要找一個人。

他看著手機上的相片，在草叢旁正好有一個男人蹲著，就是相片中的男人。

「葉辛川？」冥走向他問。

他抬頭看著冥：「誰？」

「MESUS特別雜項調查警員。」冥拿出證件：「想跟你聊聊。」

「怎樣了？」葉辛川抬頭看著他。

「大約在兩個半月前，你是不是因為偷銀包被捕？」冥問。

葉辛川瞪大了他的鳳眼，明顯帶點驚訝：「那又怎樣？最後也證明我沒有偷銀包，只是我拾到銀包，還未知怎樣處理而已！」

「我不是來調查你偷銀包的事。」

「我都說沒有偷她的銀包！」

「你是不是在囚室中遇上了……靈體？」冥問。

葉辛川站了起來，視線一直盯著冥：「你是誰？你怎知道的？」

「我隸屬MESUS的靈異調查部，我叫冥金全。」他說：「當日警察局的伙記說你不斷叫喊有鬼有鬼的，所以我知道。」

葉辛川低下了頭：「本來我是唯物主義者，不相信有鬼，不過，自從經過那件事之後，我知道……世界上真的是有鬼存在！」

冥點點頭：「去喝一杯？我有些事想問問你。」

「我想先問你一個問題。」葉辛川嚴肅地說。

「請說。」

「如果沒有人類，世界上有沒有鬼？」他問。

冥看著他苦笑：「沒有人，就不會有鬼，可惜，我們不能假設世界上沒有人的存在，所以也不能假設沒有鬼的存在。」

「墨菲定律（Murphy's Law）。」葉辛川說：「如果我們害怕它的出現，它們就會出現。」

「大約就是這意思。」冥想了一想：「因為人類會對未知的東西產生恐懼。」

「附近有間中午開的酒吧，走吧。」葉辛川走前轉身說：「不過，你請。」

冥聳聳肩，跟他一起走。

冥為什麼會找上了葉辛川？

只因，兩個半月前，葉辛川說在街上拾到的銀包，是屬於……何子彩。

冥追查下去得知這消息後，找上了葉辛川，在時間上葉辛川暫時沒有殺害何子彩的嫌疑，不過，他還是想向葉辛川調查一下。

酒吧內。

「當時我的確是跟那個人在討論著世界上有沒有鬼，然後他就消失了，最後那個獄卒好像被上身一樣奸笑，我iPhone手機的Siri出現了『請問我有什麼可以幫到你』！」葉辛川說：「我當時跟你們的同

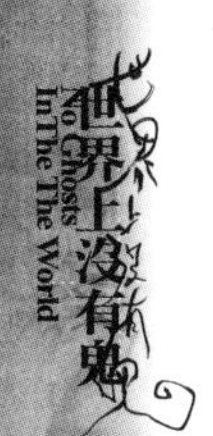

事說出此事，他們叫我別亂說，然後就放我走了。」

冥看著桌上他的手機，已經換成了另一個牌子。

「由那天開始，你相信世界上有鬼？」冥喝下啤酒。

「不，那時我還是半信半疑，我還在替自己說很多的藉口，可能是幻覺、可能是眼花之類的，不過，直至一個月前，我再次見到鬼！」葉辛川說：「我終於相信，世界上的確是存在另一種『能量』！」

他用「能量」來形容靈體。

「發生了什麼事？」冥問。

「我見到銀包相片內那個女生！」

他說的就是何子彩。

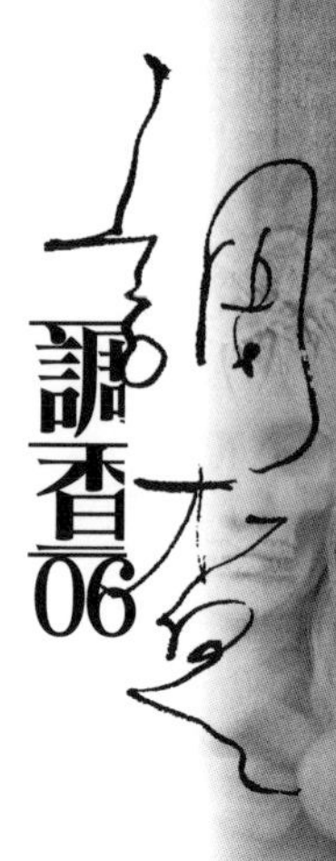

那天晚上，葉辛川回到家中。

自從他在監牢遇上了自己一直不相信的靈體後，他整個人也變得沒精打采。

「這就是叫……『時運低』嗎？」他在自言自語。

一個人的腦海中總是出現恐怖的畫面，又有誰不時運低？

他走到浴室準備洗澡，他正想關門之時，心中有一份不安的感覺，葉辛川決定不關門，只把門虛掩。

如果是你，比如剛看完一套恐怖的鬼片，之後回家洗澡，你會關上門洗澡，還是會打開門？

有些人會立即關上門，怕會有什麼東西走進來，而葉辛川剛好相反，他害怕自己在一個密閉的空間，所以會把門虛掩。

這就是人類對「恐懼」所產生的不同反應。

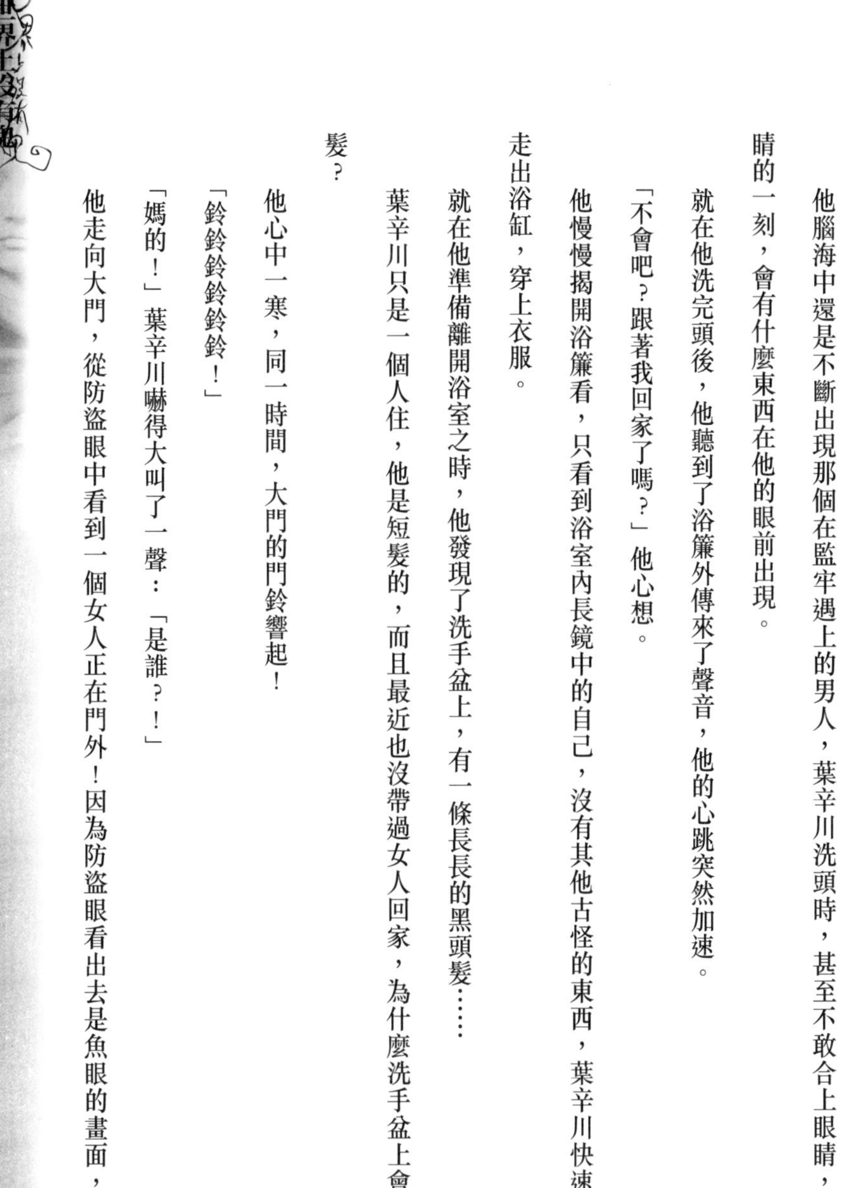

他腦海中還是不斷出現那個在監牢遇上的男人，葉辛川洗頭時，甚至不敢合上眼睛，他怕張開眼睛的一刻，會有什麼東西在他的眼前出現。

就在他洗完頭後，他聽到了浴簾外傳來了聲音，他的心跳突然加速。

「不會吧？跟著我回家了嗎？」他心想。

他慢慢揭開浴簾看，只看到浴室內長鏡中的自己，沒有其他古怪的東西，葉辛川快速洗澡完畢，走出浴缸，穿上衣服。

就在他準備離開浴室之時，他發現了洗手盆上，有一條長長的黑頭髮……

葉辛川只是一個人住，他是短髮的，而且最近也沒帶過女人回家，為什麼洗手盆上會出現一條長髮？

他心中一寒，同一時間，大門的門鈴響起！

「鈴鈴鈴鈴鈴！」

「媽的！」葉辛川嚇得大叫了一聲：「是誰？！」

他走向大門，從防盜眼中看到一個女人正在門外！因為防盜眼看出去是魚眼的畫面，他沒法清楚地看到那個女生的樣子。

葉辛川吸了一口大氣，慢慢地打開大門。

「妳……妳是誰？」他問。

「請問……你是不是拾到我的銀包？」她問。

女人緩緩地抬起頭，她的臉色蒼白，葉辛川認得她就是銀包相片中的那個女人！

何子彩！

「我已經交到去差館！」葉辛川奇怪地問：「但妳為什麼會知道是我拾到妳銀包？」

「謝謝你。」她沒有回答葉辛川的問題，轉身離開。

同時，葉辛川全身也起了雞皮疙瘩。

他立即關上大門，再次從防盜眼看著門外的走廊……

那個女生根本沒有離開！雙眼瞪大看著防盜眼！

她跟葉辛川從防盜眼中對望！

「嘩！！！」他嚇得倒在地上。

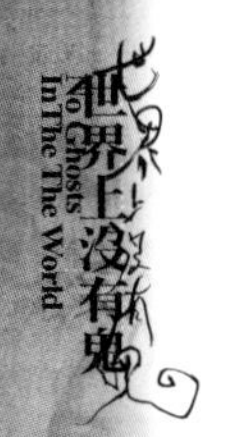

疑神疑鬼的葉辛川，心中已經知道，這個女生並不是「普通人」！

「謝謝你。」

他從身後聽到剛才的女人聲，再次說出「謝謝你」。

「謝謝你。」

「謝謝你。」

「謝謝你。」

「謝謝你。」

不斷陰聲細氣地在他耳邊說「謝謝你」！

「不要過來！不要過來！」

葉辛川坐在地上，雙手抱著膝蓋！

在門口的長鏡子中，正好照著他，還有……

那個蹲在他背後的女人。

大埔某酒吧。

「那晚我坐了一個晚上，不敢回頭看，一直坐到天亮。」葉辛川一口喝盡手上的威士忌。

「是何子彩。」冥說。

「對！就是她！銀包上寫著的名字！你怎知道的？」他問。

「她已經死去，就在你被關後的兩星期。」冥說：「你說自己是什麼唯物主義者，不相信有鬼也好，我可以肯定的跟你說你已經被……牽連在內。」

「什麼……什麼意思？我沒有殺死她！我甚至不認識她，只是拾到她的銀包！」葉辛川說。

「你……還要說謊嗎？」冥也把酒一口喝完：「如果你不說真話，我也沒法幫到你，她可能會……再來找你。」

葉辛川的汗水流下。

說謊？

冥所指的「說謊」，是什麼意思？

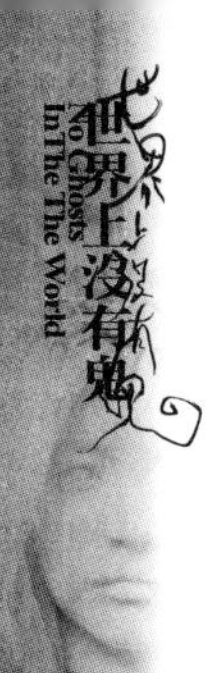

他們兩個人對望。

大家，心中有數。

Chapter 04

一間二十四小時營業的快餐店。

「好！我去做！我做！」一位年輕人大聲地說。

他看著對坐根本沒有任何人，食客也覺得他是瘋子，他在自言自語。

在男生的臉上，有明顯的瘀青，就像跟別人打過架一樣。

「我不怕，要殺！殺死他！殺死他們！」

一位快餐店的職員走了過來禮貌地說：「先先，你這樣會騷擾到其他客人。」

「什麼？」男生目露兇光：「我跟我女朋友說話，你看不到嗎？現在是你在騷擾我！」

職員看著對面沒有人的座位，表情有點尷尬：「這……」

「痴線的，別理會他吧。」另一個位女職員走了過來在男職員耳邊說：「經理又不在，我們不用理他，很快他就會走了。」

「好……好吧。」男職員說。

大家都只會覺得在街上自言自語的人是瘋子，又有誰想到，他們其實是跟「某些東西」在對話？

從男生的視覺中，可以看到面對的不是空氣，而是坐著一個……

穿著校服的女學生。

女學生低下了頭，沒法看到她的臉。

「雯雯，我一定可以做到的，一定可以！嘰嘰嘰！」他瘋狂大笑。

他把漢堡包與薯條的空紙盒全部塞入口中，男生的口水與鼻涕流下，一面笑一面吃著。

全快餐店的人都看著他。

每個人都當他發瘋，從來也沒有一個人會想過去幫助他。

這就是我們生活的城市。

我們生活的冷漠社會。

這個男生，就是失蹤兩個多星期的……何寬。

三天後。

世界殯儀館。

今天是何子彩出殯的日子，因為何子彩的屍體需要解剖進一步調查，加上她的家人已經不在，所以喪禮也推遲到現在。

冥金全與冤賴玟來到靈堂前鞠躬，冥看著何子彩生前最美的那張靈堂相片，有一份淡淡的傷感。

一個只有二十三歲的女生，就這樣離開了世界。

因為何子彩的死狀慘不忍睹，所以沒有瞻仰遺容的儀式，會直接火化。

在場的人不多，何子彩沒有家人，只有一個姑媽親人為她辦理身後事。

冥與賴玟來到了那個女人的身邊坐了下來。

「節哀順變。」賴玟禮物地說。

「有心，謝謝關心。」女人說。

她是何子彩的姑媽，因為何子彩自小父母雙亡，由姑媽把她一手養大。

「請放心，我們一定會捉到兇手。」冥說。

姑媽沒有說話，只是點頭，從她的眼神之中，感覺到一份白頭人送黑頭人的悲痛。

「我們不打擾妳了。」賴玟說。

「好的，我們安排了位置給你們。」姑媽說。

「好的，謝謝。」

他們二人坐到了靈堂的一角，觀察著到來的人。

前幾天，傲巴與東明見過何子彩以後，她再沒有出現，而兩位新加入靈異部的新人嚇到半死，休息了幾天才回來工作。

「你覺得何子彩會來嗎？」賴玟問。

冥搖頭：「應該不會，一個在死後才發現自己死去的靈體，不會出現在自己的靈堂。」

他們來的目的，不是為了遇上她，而是想觀察來靈堂的人。

而且不知道自己死去的何子彩，也不會知道自己死亡時的情況。如果當時她知道，就一早跟冥見面時告訴了他。

現在她已經知道自己死了，為什麼何子彩一直沒有再出現呢？冥心想。

他們一直在等待。

直至……

「他」的出現。

兩宗不同的案件，終於走在「同一線」上。

何寬來到了何子彩靈堂前鞠躬，然後走到姑媽身邊說話。

冥看著手機內的資料，知道他就是失蹤了的何寬。

「在同一宗案件時間內出現的靈體與人物都有關聯」。

一是被虐殺的何子彩。

二是同學雙雙自殺後失蹤的何寬。

兩宗像沒什麼關係的案件，終於連上。

「是他。」冥站了起來。

何寬本來想離開，卻被冥叫停。

「你是何寬？」賴玟拿出了證件：「你家人報稱你失蹤，而且你跟一宗案件有關，請跟我們回到警署協助調查。」

冥看著臉色蒼白的他，知道他一定接觸過某些靈體。

「好。」何寬簡單地說出一個字，沒有任何的面部表情。

他看著那張何子彩的靈堂相片。

「你認識何子彩？」冥問。

「姐姐是好人。」何寬說完後看著冥：「我先上洗手間，然後跟你走。」

「可以，我跟你去。」冥說。

賴玟跟冥點點頭。

他們兩人走入了男洗手間，何寬準備走入廁格內。

「這邊有尿兜你不去嗎？」冥看著何寬的背影：「你是要大便嗎？還是想從廁格玻璃窗逃走？」

何寬停下了腳步。

「還是你……」冥認真地說：「根本從來也沒用過尿兜？」

洗手間的燈光突然一閃，何寬轉身，用邪惡的眼神看著冥！

他不是何寬，而是……

「別要阻止我。」他的聲音變成了女生的聲音。

「為什麼要殺那些沒關係的人？」冥的手已經伸入褲袋，握著軟尺。

「所有人都要死！」何寬一面笑，口中一面流出黑色的液體。

「何子彩也是你殺的？」冥問。

「姐姐是好人！我來看她最後一面！」何寬憤怒地說。

冥完全不明白他的意思：「等等……你就是……我在遊戲機中心感覺到的女學生？」

「別多事！」何寬拿出一把刀衝向冥。

冥快速躲過，然後拿出軟尺想纏在何寬的頸上，可惜何寬更快，一刀切斷了軟尺！

「去死吧！」何寬下一個目標就是冥的心臟。

「有這麼容易嗎？」

冥沒有後退，反而雙手握著何寬的手，把他整個人拉了過來！

他給何寬一個重重的膝擊，何寬吐出更多的黑色水！下一個動作，冥一手把何寬手上的刀打飛！

冥怎說也是體能型，對於搏擊他絕對不輸何寬！

何寬痛苦地倒在地上。

「別要反抗了。」冥低下頭看著他。

「嘿嘿嘿嘿……」何寬邪惡地笑著：「很不錯，或者，你比這個男生更有用！」

冥聽到這句說話後，心知不妙！

冥比何寬更強大，論搏擊與體能也絕不輸給何寬，所以……

對於「她」來說，遇上更強的人更高興，因為「她」可以操控任何人！

冥知道自己將會被控制！如果他被操控，所有的調查將會變成砲灰！

他第一個動作不是攻擊何寬，而是……

把頭撞向洗手間的鏡子！頭破血流！

「啪啦啪啦啪啦啪啦！」

玻璃碎落滿地！

賴玟聽到巨響立即走入男廁！

「冥！」

冥昏迷前，最後聽到她叫著自己的名字。

我……

頭很痛！

去你的！痛死了！

我在哪裡？！四處只有純白色，一望無際。

「你已經死了。」一把女聲在我身後說。

我回頭看，是一個穿著校服的女生，她沒有五官，卻可以跟我說話！

「妳……妳是誰？我怎可能死了？！」我慢慢退後。

「你的腦漿都噴出來了，不就是死了？」她說。

我看著洗手間地上的我，頭破血流，腦漿也佈滿一地。

「不可能！我還有很多案件未破案！我不能死！不能死！」

我要出去！我要出去！

「呀！！！！」

我從病床上坐了起來，滿身是汗！

「冥，你終於醒了！」賴玟的聲音。

我輕輕摸著自己的頭，被沙布繃帶包紮著。

「發……發生什麼事？」我看著其他三個人。

傲巴、東明，還有喬伊，MESUS的成員都到齊了。

「還好，只是縫了八針，還有輕微的腦震盪，沒其他太大的問題。」賴玟說。

我回憶起有意識時最後的畫面，是在……是在洗手間，我不想被女鬼附體入侵，把頭撞向了鏡子上。

然後，我摸摸我的長髮……

沒有了！沒有了！沒有了長髮！

「醫生說要幫你縫針，所以要先剪去長髮。」傲巴說。

「不過，冥這個短髮蠻好看的！」喬伊不知道是否只是安慰我：「很有型！」

「冥大哥什麼髮型也可以Carry到！」東明高興地說。

我知道，他們是想緩和我緊張的心情。

「豈有此理……」我看著賴玟：「我昏死過去之後發生了什麼事？」

「被何寬逃走了。」賴玟說：「我還以為你被重擊，之後才知道你是自己撞向玻璃。」

「煙。」我說。

「但你只是剛剛醒來……」喬伊說。

「給我煙！」

「知道！」東明把煙給我，然後幫我點火。

我吐出了煙圈，在回憶跟何寬對話的內容。

「姐姐是好人！我來看見她最後一面！」

「他們兩個人，有關係！」我說：「不是何寬跟何子彩有關，而是那位女學生跟何子彩有關係！」

「冥大哥，你不如先休息一兩天吧。」東明問。

「不，我還有很多事要弄清楚，所以不能停下來。」我說。

「但……」傲巴說。

「你們還是算了，冥就是這樣的一個人。」賴玟替我說話：「我們不能停下來，繼續調查。」

「喬伊幫我調查一下近半年內的女學生死亡與失蹤事件。」我說：「年紀大約是十四五歲左右。」

「好的！」喬伊說。

「傲巴、東明，你們幫我繼續調查何子彩的案件。」我說：「我知道你們看到她，不過，暫時我覺得她不會傷你們。」

「不，其實我們休假三天，也有繼續調查。」傲巴說。

「對！我們已經不怕了！我們查到了新的線索！」東明說。

「是什麼？」

「何子彩死亡時，身體內的心臟、肝、脾、肺、腎臟、膽、腸，還有子宮與卵巢被取出，唯獨胃部沒有被取出。」傲巴說：「不是很奇怪嗎？然後我們找了*MESUS的法醫蔡寶妍再查問，發現了在胃部有一些食物殘渣纖維，是屬於某間米線餐廳。」

「米線餐廳？等等……」我的頭有點痛：「之前的調查中，沒有查過何子彩胃部的殘渣纖維？」

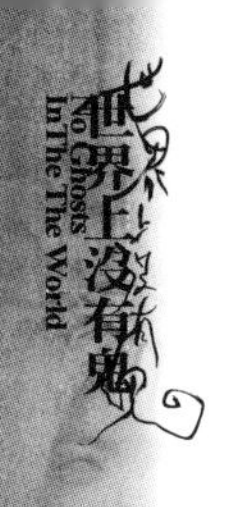

「蔡寶妍說她有把報告給調查的警員，不過，她不知道他有沒有看到。」東明說。

「調查警員是重案組的張志沖。」賴玟把一個檔案給我看：「更重要的是，我們從這方面著手調查，找到了這間米線餐廳的員工名單。」

我打開看，停留在一個名字之上……

米線餐廳員工名單有……

葉辛川。

* MESUS的法醫蔡寶妍，詳情請欣賞孤泣另一作品《戀上十二星座》。

數天前，大埔酒吧。

「什麼……什麼意思？我沒有殺死她！我甚至不認識她，只是拾到她的銀包！」葉辛川說。

「你……還要說謊嗎？」我把酒一口喝完：「如果你不說真話，我也沒法幫到你，她可能會……再來找你。」

葉辛川的汗水流下。

我們兩個人對望。

「好吧。」葉辛川說：「但你要保證不會逮捕我。」

「如果你是殺人犯，我就沒法保證。」我帶點威嚇的口吻。

「我不認識她，怎樣殺她？」葉辛川說：「其實我是一位……文雀。」

「就是你偷了她的銀包，對？」

「整件事是這樣的……」

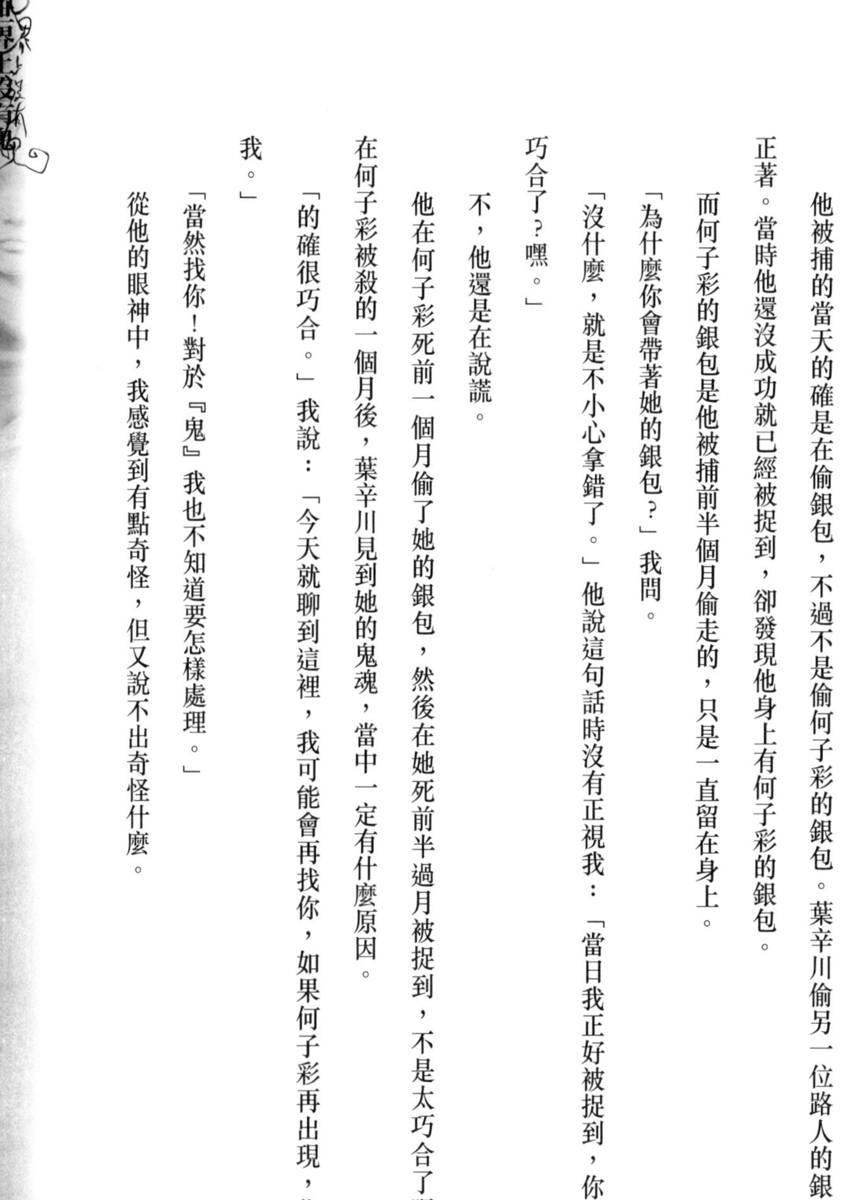

他被捕的當天的確是在偷銀包，不過不是偷何子彩的銀包。葉辛川偷另一位路人的銀包時被捉個正著。當時他還沒成功就已經被捉到，卻發現他身上有何子彩的銀包。

而何子彩的銀包是他被捕前半個月偷走的，只是一直留在身上。

「為什麼你會帶著她的銀包？」我問。

「沒什麼，就是不小心拿錯了。」他說這句話時沒有正視我：「當日我正好被捉到，你說是不是太巧合了？嘿。」

不，他還是在說謊。

他在何子彩死前一個月偷了她的銀包，然後在她死前半過月被捉到，不是太巧合了嗎？然後，在何子彩被殺的一個月後，葉辛川見到她的鬼魂，當中一定有什麼原因。

「的確很巧合。」我說：「今天就聊到這裡，我可能會再找你，如果何子彩再出現，你立即聯絡我。」

「當然找你！對於『鬼』我也不知道要怎樣處理。」

從他的眼神中，我感覺到有點奇怪，但又說不出奇怪什麼。

醫院的花園內。

我跟協安老頭坐在長椅上聊天。

「之後我調查過何子彩被殺那天，葉辛川有不在場的證據，人應該不是他殺的，不過，他一定隱瞞著什麼。」我說。

「冥，有時查案要量力而為。」協安老頭說。

「我正想明天就辦出院手續。」我說：「你不會不批准吧？」

「你說呢？我還不清楚你嗎？」

「那你就別叫我量力而為了。」

「不夠你說就是了。你知道我為什麼可以在靈異事情部工作二十多年嗎？」老頭苦笑：「就是不去強求『答案』。」

「嘿，我明白你的想法。」

協安老頭已經在靈異事件部工作了二十多年，他是因為一次死裡逃生的事件後加入了MESUS，而我第一日入職也是由他面試。他已經見盡大大小小不同的靈異案件，當然，十宗案件中總有六七宗沒法真正破案又或是找出答案。我知道他的勸告是對我好的，不過，我還是想早日把事件查得水落石出。

「如果連你這種意志堅定的人也能被控制，那位女學生絕對不簡單。」他說。

「這也是調查線索，就只有仇恨、冤獄、怨恨等，才會出現這『級數』的靈體。」我說：「一定發生過什麼事才會出現我沒法凌駕的邪靈。」

「嗯，還有一件很重要的事，別要忘記。」協安老頭語重心長地說：「在同一宗案件時間內出現的靈體與人物都有關聯。」

我當然知道。

不過，他的思意代表了……

此時，我的手機響起，是喬伊發來的WhatsApp。

「大約三個月前，有一宗大埔區的女學生失蹤報案，至今還下落不明。」

三個月前？

第二天。

我已經回到靈異事件部工作。

「我也是第一次來你的部門。」張志沖說：「冥，這裡感覺真的有點陰森。」

張志沖就是何子彩重案組的上司，負責調查那宗兇殺案。

張志沖的哥哥是我的朋友，所以跟他的關係還不錯。

「張Sir，咖啡。」喬伊把咖啡給他。

「謝謝。」他跟喬伊單一單眼，然後跟我說：「事先聲明，我不相信有鬼。」

「我明白。」我微笑說。

「你的頭怎樣了？」他問。

「不小心在洗手間滑倒，哈。」我說：「好了，其實我請你來是想了解你調查一宗兇殺案的資料。」

張志沖喝了一口咖啡，他知道我想調查的案件：「子彩的死，我們整Team人也很痛苦與憤怒，可惜還未捉到兇手。你有什麼想知道？」

「這宗兇殺案和殺死子彩的兇手，是同一個人所為？」我問。

張志沖開始說出那宗案件的詳情。

「死者是一名家庭主婦，身體內的器官被全部取出，跟子彩的死亡情況一致，而且下刀的位置在肚皮上，手法也相同，我們確定了是同一兇手所為。」張志沖說：「我們已經調查過所有懷疑有關的人，可惜全部都有不在場的證據，我們可能會向『無差別殺人事件』的方向調查。」

「這麼大的案件，為什麼新聞沒有報導？」喬伊問。

我看了她一眼。

「看來你這位下屬是新來的呢。」張志沖笑說：「這些會引起恐慌的事件，已經消息封鎖了，不然，子彩的資料也不會放入MESUS的資料庫。」

「原來如此。」喬伊在筆記中抄下。

「何子彩死亡的地點是長沙灣工業大廈的單位之中，這是兇案現場？」我問。

「不是。」張志沖搖頭：「很明顯是兇手把屍體移動到單位之內，不過，暫時也沒法找到真正的案發現場。而且兇手很了解大廈的結構，沒有任何一台閉路攝影機拍到兇手搬運屍體，也許就是兇手選擇這工業大廈的原因。」

「為什麼要移動屍體？」喬伊在猜想。

「不是兇殺現場？」我托著腮說：「第一起的兇殺案呢？在死者女主婦的家中發現她的屍體？」

「對。」張志沖簡單地回答：「女主婦死亡地方是案發現場。」

這樣……

「何子彩在死前有沒有跟你們聯絡？」我問。

「子彩最後一次跟我們聯絡，是說已經找到了兇手的線索，然後在幾個鐘後就遇害了。」張志沖說。

「她沒有說線索是什麼？」我問。

「沒有，也許她就是自己去調查，才會被殺死。」張志沖緊握著拳頭：「蠢才！」

在張志沖的面上看到了緊張自己下屬的表情，我知道他內心是非常重視他們的。

「還有一件事，子彩曾親口跟我說，她私下也在調查另一宗案件，不過她沒有說是什麼內容。」張志沖說：「這個丫頭總是這樣，應該說，現在的年輕人都是這樣自把自為。」

另一宗案件？

他看了喬伊一眼，他所說的年輕人包括了她。

最後就因為「自把自為」，害死了何子彩。

「冥，我不知道你為什麼想知子彩的事，不過，我直覺告訴我，子彩暗裡調查的案件，也許跟你調查的案件有關。」他認真地說。

「你不信有鬼，卻相信自己的『直覺』？」我笑說。

「嘿，總之，現在我告訴你的是等價交易，如果你調查到什麼有關我們案件的事，一定要告訴我。」張志沖用手指點點桌面。

「沒問題，張Sir，我一定會全部告訴你。」我做了一個敬禮的手勢。

當然，我是在說謊。

難道我告訴他我見到何子彩的鬼靈？而且我跟她曾一起查案嗎？

不，最後我還是會告訴他……

世界上沒有鬼。

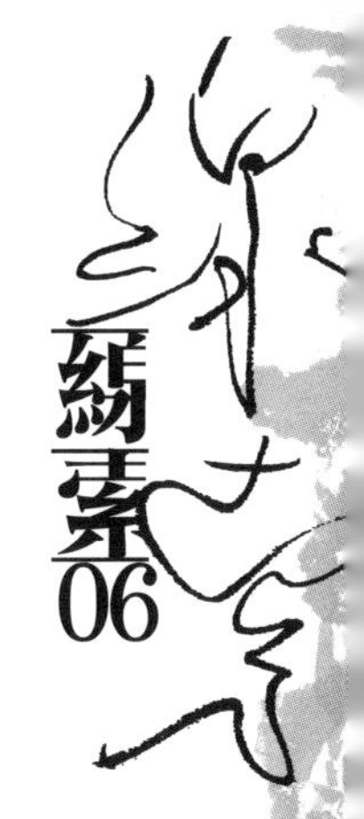

晚上，葵涌某棟唐樓。

李東明來到了何子彩生前入住的七樓唐樓單位。

「哈，如果我發現新線索，冥大哥一定會很高興！」

李東明希望可以搏得表現，決定了獨自來到調查。或者，張志沖說得對，年輕人都是喜歡自把自為的，不論是男是女。

張志沖當然已經來過調查，不過他們也沒發現，李東明又可以找到什麼？連他也不知道，不過，他總是覺得自己可以查到更多的線索。

李東明用最簡單的開鎖方法打開了大門，然後走進了單位之內。

單位內明顯已經被翻過，可能是張志沖的團隊調查過留下的痕跡。

大約用了十五分鐘，李東明……一無所獲。

他坐在沙發上思考著，手中拿著冥給他的軟尺。

「這真的可以對付……鬼嗎？」他把軟尺拉出又收回去：「何子彩家裡沒有留下什麼線索，還是張Sir他們已經取走了某些證物呢？」

他想得太入神，把軟尺弄掉在茶几底，他想拾回來之時，他發現茶几底有東西。

「呱噠！」

他正想從茶几底拿出軟尺與「那東西」時，房間傳來了輕輕的開門聲，被風吹開了房門。

李東明不怕？不，他當然怕鬼，不過只是邀功的心理更大而已。他慢慢走到睡房，輕推開門……

什麼也沒有。

「只是風吹吧？」他鬆了口氣。

他走到玻璃窗前把睡房那扇窗關掉，正當李東明把手伸出窗外，突然停了下來。

「這……」他全身也起了雞皮疙瘩。

他拿出了手機，本想WhatsApp發訊息給冥他們，卻發現……沒收到訊號！

東明想起了賴玟的說話……「靈體會干擾訊號」。

那份心寒的感覺直上心頭！

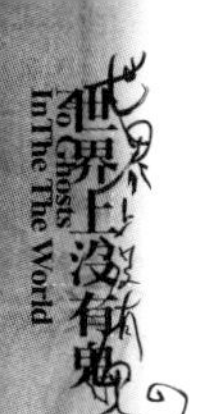

現在，他只有兩個選擇，一是立即離開，二是過去「那邊」調查。

「別怕……別怕……沒事的……」

他跟自己打完氣後，決定了……後者！

……

…

．

十分鐘後。

一台手機，從七樓高處掉下，整台手機粉身碎骨！

這台手機是屬於李東明的，他在「最後一刻」把手機掉出了窗外！

最後一刻即是在他……

臨、死、之、前！

已經變成血人的他，滿身鮮血，他半個身體已經掛在玻璃窗邊，頭顱向下，血水從七樓滴下。

一滴一滴落在大街上。

李東明已經……死去！

究竟發生了什麼事？！

他為什麼要在臨死前，把手機掉出窗外？

不到幾秒，另一邊還在靈異事件部的冥金全，手機響起了WhatsApp的聲音。

「靈體會干擾訊號」。

但當手機離遠靈體呢？

當手機從七樓落下到地上粉身碎骨之前的半秒，就在著地前的一刻……

接收到訊號！

把訊息發出去！

冥拿起手機看，是由東明發來的WhatsApp訊息。

「這麼夜找我幹嘛？」冥還在看著手上的檔案。

訊息中，出現了四個字……

「鄰居，樓下」。

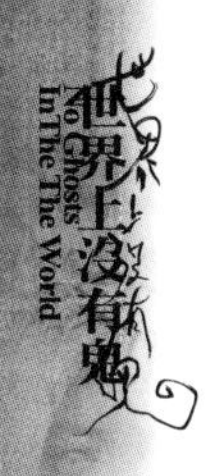
世界上沒有鬼
No Ghosts
In The The World

明朗化

Chapter 05

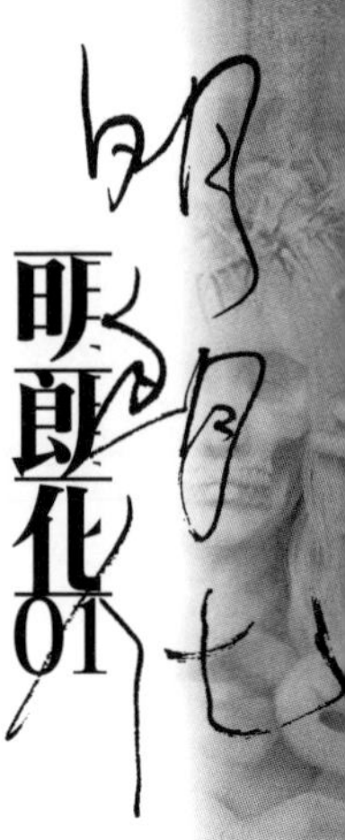

MIESUS解剖室。

MIESUS的法醫蔡寶妍把咖啡遞給我與賴玟，她已經完成解剖李東明的屍體。

「全身都有刀傷，致命傷在頸動脈，失血過多而死亡。」蔡寶妍喝了一口咖啡：「兇手非常兇殘，每一刀也深得見骨。」

「是人做的？」我問了一個愚蠢的問題。

她們用懷疑的眼神看著我。

「冥，我知道你的職務，而且李東明是你的屬下，你不能立即接受他死亡的消息，不過，也請你要接受這事實。」蔡寶妍說：「是他殺，『人為』的。」

她強調了「人為」兩個字。

「我明白。」我握緊拳頭。

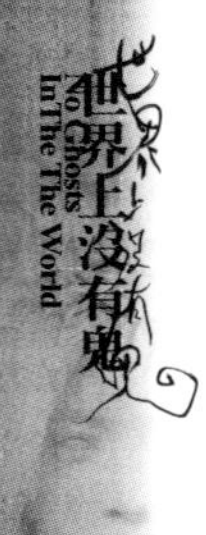

其實我的意思是……

「是不是被靈體控制，才會這麼兇殘去殺死一個人？」

當然，我沒有說出口。

東明臨死前也盡力留下訊息給我，我不能讓他死得不明不白。

當晚我收到「鄰居，樓下」四個字之後，再次致電東明，可惜他當時的手機已經粉身碎骨。然後我跟賴玟追蹤他GPS的位置，最後出現的地方是在何子彩的地址，同時，我也收到了東明倒在血泊中死去的消息。

因為他臨死前發給我「鄰居，樓下」四字，我們先調查樓下的單位，單位已經空置，沒有任何的發現。然後，我在何子彩房間的玻璃窗中，看到她的單位對著的單位，我立即走到隔籬單位調查。單位的大門鎖上，有被破壞的痕跡，跟破壞何子彩大門的手法一樣，應該是東明曾經到過這個單位。

在單位內，找到一位叫鄭麗雯的學生的物品，而她正正是我叫喬伊幫手調查，近半年內死亡與失縱事件的其中一位女學生。

我看著這個叫鄭麗雯女生的資料，她很大機會就是……

我在遊戲機中心遇上的那個女靈體。

「東明是死在何子彩的單位，而他去過鄰居的單位，然後再回到何子彩的單位遇害。」我說。

「問題就是……」賴玟說：「如果東明要逃走，其實他可以立即離開，為什麼他又要回到何子彩的單位，然後被殺？」

我回憶起來到何子彩單位時，看到東明屍體的情況。

「等等……我組織一下。」賴玟看著東明屍體的方向：「或者東明在窗前看到隔籬單位有發現，然後他去到鄭麗雯的單位後，又發現何子彩家出現了狀況，所以他再次回到何子彩的家，然後被殺。」

「東明為什麼要回到何子彩的單位？」我問：「我來問妳們，什麼情況之下，出門後又回家？」

「忘了拿東西。」蔡寶妍說：「最簡單的解釋。」

「對，忘了拿東西是最簡單的原因。」我問：「寶妍，東明的遺物中有什麼東西？」

「等等。」蔡寶妍把一包透明袋給我。

透明袋內有銀包、香煙、警員證、我給他的軟尺，還有兩把鎖匙。

啊？是兩把鎖匙？

「鎖匙是他的？」我問。

「我記得應該是在軟尺旁邊找到的，當時鎖匙在茶几底。」賴玟說：「為什麼……會有兩把鎖匙？」

我拿起透明袋看清楚，一把鎖匙是掛著一個「東」字的鎖匙扣，上面有三條鎖匙，而另一把，什麼也沒有，只有兩條鎖匙，一大一小。

「會不會是這樣？」我站了起來：「另一把鎖匙不屬於東明，他當時應該是想回去取回在何子彩茶几下的另一把鎖匙！」

「但為什麼要回去取鎖匙？」蔡寶妍問：「而且就算是這樣，這把鎖匙又有什麼用？」

「一大一小。」我認真地說：「一大一小的鎖匙放在一起，妳們沒想到是有什麼用嗎？」

依照何子彩的單位，因為是舊式的唐樓，只有一道木門，即是說，其中一條有可能是木門的鎖匙，而另一條……

東明最後留下的訊息有兩個。

一個是「鄰居」，而另一個是「樓下」。

如果我沒有估錯，「樓下」兩個字不是「完整句子」，他還未輸入完成！

正確的句子是樓下……

「信箱」！

唐樓的信箱都放在樓下！

東明要回去取信箱鎖匙！

我的推理正確，我們從何子彩的信箱中，找到了鄭麗雯的日誌本。

「三隻禽獸！禽獸！禽獸！禽獸！」

「他們在拍片！我不想他們拍！」

「他們兩個一起來，很痛！很痛！」

「今天我下體流血，我不知道要怎樣辦？」

「子彩姐姐會幫我的，我知道她一定會！長大後，我要變成像她一樣的女人！」

「我做鬼也不會放過你們！不會！」

這是鄭麗雯日誌本的部分內容，我們查到的線索，已經可以相連起來了。

張志沖曾說過，何子彩私下在調查另一單案件，我想就是鄭麗雯的事。

日誌本中，寫滿了沒法讓人接受的內容，當中包括了強姦、雞姦、群交等等，而當中出現的三隻

「禽獸」，沒有寫出他們的名字，又或是……她根本不知道他們的名字。

鄭麗雯才只有……十四歲。

「我看不下去了。」喬伊眼泛淚光：「太過份了！」

靈異事件部內，只餘下冷氣的噪音。

良久，我再次打開話題。

「東明在臨死前留下這線索，我們的案件才可以得到現在的進展。」賴玟說：「所以，我們一定要捉到兇手！」

「找到日誌本這件事，我們暫時不能向任何人披露，因為，任何知情的人都有可能是『兇手』。」月協安老頭說。

「還有……」我看著他們說：「喬伊、傲巴，這案件你們不用再調查，我不想再有人受害。」

「不行！」傲巴說：「怎說我跟東明也是朋友，我不能這樣就退出調查！」

「對！我也想繼續參與！」喬伊和應。

我搖頭：「這次的案件除了靈體，還牽涉殺人犯，太危險。」

我想起了我們的前MESUS成員方文天，他當日也是因為在一次行動中被靈體害死。那次本來要死的人是我，不過，文天最後成為了我的代罪羔羊，讓我一直也耿耿於懷。

「冥！不是你說的嗎？你不是問過我們嗎？我們已經對死有覺悟，我們不會怕！」傲巴說。

我看著他堅定的眼神。

「我沒有傲巴這樣不怕死，不過至少讓我也參與其中！我想為東明找出殺死他的兇手！」喬伊說。

老頭與賴玟看著我，他們等待我的回答。

「是不是每個年代的年輕人都是這樣的？」我嘆了口氣：「我讓你們繼續參與，不過，你們一定要跟著我，不能像東明一樣擅自調查。」

「Yes Sir！」

我不再多說，走到白板前再次回到案件的話題：「現在可以肯定一件事，何子彩擅自調查的案件，很大機會就是鄭麗雯的事件，他們是鄰居關係，所以鄭麗雯把自己的事告訴了何子彩，她把日誌本放入了何子彩的信箱之中更加證明了何子彩知道鄭麗雯的處境，她們的關係不只鄰居這麼簡單，而何子彩在調查過程中，被殺害。」

白板再次加入了新的線索。

「有一點我不明白。」賴玟說：「何子彩的死，不是跟她本來調查的兇殺案有關係？我記得張志沖說過，兇手也是把死者的內臟取出，跟何子彩的死亡方法一樣。」

「對啊！而且張志沖也把何子彩的案件歸納為『同一單兇殺案』。」喬伊說。

「不。」我把何子彩的名字圈起來：「兩宗看似相同的兇殺案，我覺得不是同一兇手做成的，因為細節上有出入，我覺得應該是……」

「模仿殺人！」傲巴已經搶著說。

「對，兇手把案件B模仿成案件A，然後誤導我們以為是跟案件A有關。」我說。

「冥，你說的『細節有出入』是指什麼？」老頭問。

「移動屍體。」我說：「第一宗兇殺案的死者是一名家庭主婦，身體內的器官被全部取出，死者死於自己家中，而發現何子彩的地方卻不是第一兇殺現場，她被移動到另一地方。」

「還有，何子彩的胃沒有取出，留在她的身體之中！」傲巴說。

「這也是兩宗兇殺案的不同之處。」我說：「我來問你們，如果你把一個人的內臟取出，你可以分別到哪個是胃嗎？」

他們在幻想著血腥的畫面。

「應該可以……等等……」傲巴說：「或者不可能……」

「我想我看圖片可以分別到胃部，不過如果是真實的內臟，未必分到！」喬伊說。

「沒錯！第一宗案件很明顯是在恐慌之中把內臟取出，而何子彩的死……就像有計劃一樣。」我說：「計劃地留下了一個胃。」

我們再次靜了下來。

沒錯，現在才是真正調查的開始！

找出真正答案的開始！

美味軒米線餐廳。

我在吃著餐廳內的特製米線。

「很好吃！」我一口把米線吞下。

我一面吃著麵、一面思考著整單案件。

喬伊曾問我，已經知道鄭麗雯就是遊戲機中心的女靈體，為什麼我不直接去找她？

的確，我直接去找鄭麗雯可能更快知道「答案」，不過，因為東明的死，我不肯定是不是她的所為，如何她要把有關的人物全部殺害？就算我是想幫助她查出真相也好，也可能會遇上不測。

她的死並不簡單，怨氣與戾氣之大，是我接觸過的靈體之中最可怕的。

根據日誌本記錄的日子，鄭麗雯是在半年前開始被侵犯，之後在三個月前停止寫日記，即是在三個月前她已經被殺，而屍體被收藏到一個不為人知的地方。

他所說的「三個禽獸」，會是誰？

「我落場了，後巷等。」

此時，他走了過來跟我說。

他是葉辛川。

在何子彩只留下的胃部中，找到了的物殘渣纖維，是屬於這間獨一無二的米線餐廳，這代表了何子彩在死前來過這米線餐廳吃東西，同時代表了葉辛川……

一直在說謊。

後巷。

「她沒有再出現。」葉辛川先說：「那晚之後，她再沒有出現。」

我看著他，吐出了煙圈。

「怎麼了？」他吸了一口煙。

「你在期待何子彩的出現。」我說：「從你的表情中我可以感覺得到，我有說錯嗎？」

「哈，怎會？你……」

「她被殺時，身體內臟被取出，只餘下胃部，而在胃部中找到了你店裡獨有的食物殘渣。」我說：「這代表了胃部食物還未消化，她是在吃完你店的麵後不久被殺的。」

他呆了一樣看著我。

「巧合地，你是米線店的員工，而在一個月前發現你身上有死者的銀包，我來問你，現在誰的嫌疑最大？」我指著他：「如果我把這些資料交給調查這案件的部門，你覺得你可以怎樣解釋這種『巧合』？」

「我真的……真的不認識她！我也沒有殺她！」

我沒有回答他，只是看著他。

「我真的……」

他停了下來。

「算了，我知道再解釋也沒用。」他掉下了煙頭：「我想知道一件事，你是不是懷疑我是兇手？」

「如果我懷疑你是兇手，我們不會在這又臭又髒的後巷聊天，而是在警察局。」我說：「你只是兇手利用的棋子，甚至是兇手的『替死鬼』。」

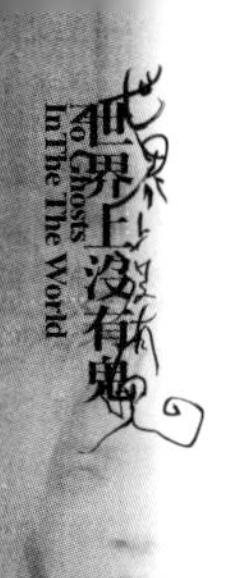

「怎樣說？為什麼？」葉辛川不明白：「你相信我？」

「我不是相信你，我只是相信『證據』。兇手故意留下胃部就是想我們找到你，如果你是兇手，幹嘛還要我們花時間找到你這麼笨？完全不合邏輯。」我說：「你要把你知道的事一五一十全部告訴我，我才可以幫你。」

上一次見面，我說要幫助他不讓靈體騷擾，而這一次，卻是不讓「某個人」把罪名嫁禍給他。

他停頓了一會，終於說話。

「在她生前我們不認識，都是她來我店吃米線時碰過面，不過，在她死後……」

三個月前。

「川，你的女神又來吃米線了！」米線店另一位員工阿梁說。

「什麼女神？不就是女人一個。」葉辛川看著在看餐牌的何子彩：「快去工作吧！」

何子彩經常來這間米線店吃米線，葉辛川一直被她的外表吸引，他想認識她，所以葉辛川決定了用他的強項「偷竊」，偷了何子彩的銀包，然後再還給她，希望可以用這方法認識這個女生。

他成功在米線店偷了何子彩的銀包，當時何子彩不是用銀包結帳，她用了八達通鎖匙扣結帳後離開，葉辛川決定數五秒再追出去，說她忘了拿銀包，然後再找藉口結識她。

可惜，何子彩已經消失於人海之中。

葉辛川在大街上拿著她的銀包，心中想，等下次她來時再還給她吧。

所以，他一直也把何子彩的銀包放在身上，因為他不知道何時才會再次跟她見面。

誰也估不到，在半個月後，葉辛川偷竊被捕，最後連何子彩的銀包也被沒收了，不過他更沒想到之後何子彩的鬼魂會找上了他。

葉辛川跟冥金全在說謊，當天何子彩的鬼魂找上他，他不是害怕到蹲在地上一晚，他對何子彩有一份特別的感覺，所以讓她進來跟她聊天。

最初他不知道何子彩是鬼，他亦很奇怪為什麼她會找上自己，何子彩有點神經質，有時又問非所答，葉辛川只知道他是一位女警，在對話中，最重要是，何子彩告訴他有關鄭麗雯的事。

當時的何子彩，還未知道自己已經死去。

「我正在調查這案件。」何子彩說。

「為什麼不報警？」葉辛川想了一想：「啊？我忘了妳也是警察！哈！」

「我想自己調查。」何子彩說：「因為我發現有可能跟內部人員有關。」

「妳查到了什麼？」葉辛川問。

何子彩樣子變得奇怪，突然她大叫：「我的頭很痛！很痛！」

「發……發生什麼事？」葉辛川非常緊張：「我去拿止痛藥給妳？」

何子彩沒有回答他，一直用雙手按在頭上。

葉辛川不等她回答，立即入廚房拿出止痛藥。

「我只有日本買回來的止痛藥，妳可以吃這種成藥嗎？」葉辛川走回廳中。

他看著沙發，整個人也起了雞皮疙瘩。

因為，**廳中一個人也沒有**。

他再次想起了在監牢中出現的情況。

「不……不會吧？」他的汗水流下。

他在家中搜索，單位不大，卻沒找到何子彩。他在關門時習慣鎖上大門，所以何子彩沒法在他不知不覺間離開，她沒有鎖匙。

何子彩無聲無色地，在他的家中消失了。

就像那天他在街上想找到她，把銀包還給她一樣……

消失了。

不同的是，一次是在她死去之前，一次是在她死去之後。

經歷過監牢的事件後，葉辛川更加相信何子彩不是人，而是「鬼」。

從那天開始，他嘗試去了解何子彩調查的案件，同時，他等待著她的……

再次出現。

後巷。

我跟葉辛川坐了下來。

「當日你找我，我才真正聽到她已經死了，因為在網上完全找不到有關的資料。」葉辛川說。

因為消息已經被封鎖，除了知情的人，根本沒有其他人知道。

「為什麼她會來找我？其實我根本不認為她！」葉辛川說。

「根據你說的日子，當時何子彩並不知道自己已經死去。」我說：「因為種種的死亡原因，靈體可分為知道自己死去與不知道自己已死，何子彩是後者，她會根據生前的感覺與未了心事一直在人間隨波逐流找尋答案，直至她找到了自己已死的事實。」

「她的潛意識想找尋我幫助？」葉辛川問。

「也有可能是這樣。」

「沒想到鬼也有潛意識。」他說。

「我們人類有太多事情處於未知之數，有些不可思議的事，還未發現證據，不代表不存在。」我說：「我想你現在最清楚不過。」

「現在她已經知道自己死去？」他問。

「對，她已經知道了。」我說：「因為她有未了心事，所以才會出現於你與我的面前，以我多年的經驗，當靈體知道自己已經死去有兩種去向，一、永遠在人間消失，如果以人類的宗教來說，就是回到天堂又或是投胎轉世，二、報仇。」

「她已經……離開了？」

「天曉得，現在我還在調查中。」

「其實……」葉辛川在衣袋中拿出東西：「之前我還不相信你，所以沒給你看。」

「這是……」

「這是我從何子彩的銀包抄下來的電話號碼。」

靈異事件部。

晚上。

何子彩的銀包放著一張對摺的紙張，上面寫有一個電話號碼，葉辛川曾經打過這去，是一個男人接聽，他立即收線。

葉辛川號碼抄了下來。

「冥，查到了！」賴玟把文件掉在我的桌上：「完全沒想到是他的號碼！」

我立即打開來看，這個電話號碼是屬於……

何友馬，馬叔！

「為什麼何子彩的銀包中會有馬叔的電話號碼？」傲巴看著我手上的資料。

「假設是何子彩在調查鄭麗雯的案件，然後從鄭麗雯的手機通訊錄中抄下來的呢？」賴玟說。

「她所說的『三個禽獸』，會不會其中一個就是這個何友馬？」喬伊說。

「然後，鄭麗雯把馬叔殺死了？」傲巴問。

「這推論有道理，不過沒有證據。」賴玟說：「而且馬叔如果一早認識鄭麗雯，沒理由最初在遊戲機中心看到她時，不知道就是她。」

「不。」我托著腮說：「當時四個學生看到的馬叔已經一早死去，他們只是看到馬叔的靈體。」

「他們是在合作嗎？一起說謊？」傲巴問：「我不明白，為什麼馬叔要跟鄭麗雯合作？假如馬叔就是日記上寫的其中一個『禽獸』。」

「不是合作，而是被控制。」我說：「我說過靈體是有級數之分，鄭麗雯如果是被姦殺，她報仇的怨氣很大，那她不只可以控制人類，還可以控制其他的靈體。」

「這麼厲害？！」喬伊帶點驚慌。

「喬伊、傲巴，我叫你調查鄭麗雯住所的事呢？」我問：「是她家人交租的嗎？」

因為一個十四歲的女生，根本不可能自己一個人租住一個單位。

「不，鄭麗雯跟家人的關係很差，我們去找過她母親，她已改嫁，還說就當是沒生過這個女。」傲巴說：「而她的父親在數年前已經死去。」

「然後我們找到出租給鄭麗雯的房東，他說鄭麗雯每個月都有交租，又見她很可憐似的，所以也沒追問這麼多，就租給她了。」喬伊說：「租約也沒有，畢竟是舊唐樓，能租出已經不錯，東主也沒過問鄭麗雯的錢是何來。」

「會不會是那三個『禽獸』付租，然後讓鄭麗雯住下來，再侵犯她？」賴玟猜測。

如果真的是這樣，這三個「禽獸」，真的讓人心寒。

「冥！」老頭走了過來：「有人報案看到何寬在海濱工業大廈出現！」

「何寬？！」我二話不說：「好，現在出發！」

他們一起看著我，因為還是怕我不讓他們加入行動調查。

「除了老頭，全部人跟我來！」

「Yes Sir！」

如果我要阻止他們跟來，又會有很多說話聽，算了，讓他們一起行動吧。

東明，我們會為你找出死亡的真相！

凌晨，觀塘海濱工業大廈。

看更正在各樓層巡樓。

「媽的，阿仙奴隊波今屆真的輸死人！」他看著手機說：「受讓也還要輸一球！正仆街隊！」

巡樓的意思就是到每樓層簽簿，然後就可以離開，每晚都是重複著同樣的工作。

這晚，卻有一點不同。

他來到了五樓，聽到了在印刷廠單位來傳來了印刷機的聲音。

「今晚這麼夜？加班嗎？」看更說。

他看著走廊上紅色的液體，心中想：「是不是印刷用的顏料？」

「有人嗎？」看更走到印刷廠的門前，從門隙中看到房內亮著燈。

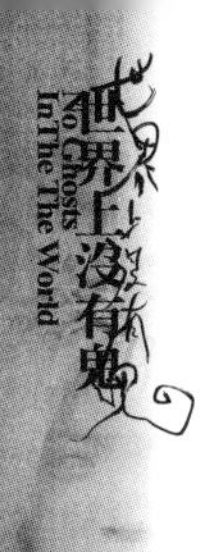

沒有人回應他，他推開了大門，聽到印刷機在運作的聲音，不，跟平常印刷機發出的聲音有點不同，多了一些……骨骼碎裂的聲。

看更覺得奇怪，他依著地上紅色液體方向走過去，正好是印刷機發出怪聲音的位置。

地上的液體愈來愈多，他開始感覺到有問題，直至看更來到了印刷機的位置……

「什麼……？！」他整個人也被嚇呆。

接觸
接觸
Chapter 06

看更走入了五樓印刷廠內。

在他的面前，一個沒有了雙手的人體，平放在一台切紙機上！那個人的頭部已經被切去，不過機器還在運作，不斷來回地在切割頸部！

「咔擦！咔擦！咔擦！」

同一時間，一台熨金機發出了奇怪的骨骼碎裂聲，一隻被切下來的手正被熨金機夾住，熨金機打開又再次夾住手臂，整隻手臂已經變形，手骨已經全被壓碎！

另一邊的影印機正在複製影印，一張又一張的紙張從影印機上掉在地上，紙張印刷著一個人的臉！扭曲的臉頰！

掉在地上的白紙已經被染成紅色，那些紅色的液體不是什麼顏料，而是血水！是人類紅色的鮮血！

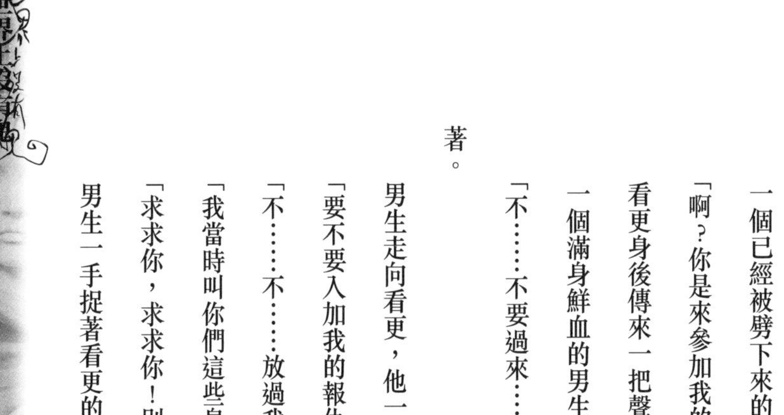

在影印機上的光，從左至右一直掃描著……

一個已經被劈下來的人頭被掃描著！

「啊？你是來參加我的印刷派對嗎？」

看更身後傳來一把聲音，他慢慢地轉身……

一個滿身鮮血的男生，用一雙充滿血紅的眼睛看著他，在他的手上正拿著一隻切斷的人類手臂！

「不……不要過來……」看更從來也沒見過這血腥的場面，他想離開，雙腳完全乏力，只能勉強站著。

男生走向看更，他一口咬下手臂，鮮血從他的嘴巴流下。

「要不要入加我的報仇派對？」他問：「啊？不，你好像也是我的目標之一！」

「不……不……放過我吧……放過我吧……」看更面色鐵青，不斷重複說話。

「我當時叫你們這些臭男人放過我，你們有嗎？！」他的聲音夾雜著歇斯底里的女人聲。

「求求你，求求你！別要殺我！」看更跪在地上求饒。

男生一手捉著看更的頭髮，另一手把自己的拳頭塞入他的口中！

看更的嘴巴兩邊爆裂噴血，看到了牙齒與下巴的骨骼！

「s@ECXF@@$%^！！！」他沒法說話，出現了噁心的喉嚨聲。

手臂愈插愈深，血水從看更破裂的嘴邊滲出，他用力想把手臂拔出，可惜，男生的力氣很大，

他只能眼巴巴地看著手臂插入自己的喉嚨之中！

他想逃走，不過雙腳就像被壓著沒法移動！看更只能眼白白看著自己的鮮血不斷流出！

因為壓力，他雙眼與鼻孔噴出血水！

他想大叫卻已經返魂乏術！看著看更奄奄一息，男生瘋了一樣大笑！

「哈哈哈哈哈哈！」

他一面笑一面吐出黑色的液體！

這個男生就是……何寬！

我們四人來到了海濱工業大廈。

「喬伊跟我一組，傲巴與賴玟一組，我們分成兩組搜索，當找到何寬立即通知大家。」我說：「一定要小心，別要忘記，你們對付的已經不是……『人』。」

喬伊與賴玟點頭，我拿出三個特殊頻率的對講機。

「戴上它，我們可以不被干擾地聯絡。」我說：「走吧！」

「是！」

我跟伊喬從後門進入工業大廈。

「冥，我可以問你一個問題？」伊喬問。

「說吧。」我留意著走廊四周。

「東明會變成靈體回來找我們嗎？」她說。

「我想不會。」我按下後門的升降機，沒有運作：「我們不恐懼他，所以不符合出現的條件。」

我們決定走樓梯。

「但如果有其他人恐懼他呢？」伊喬問：「他會不會出現？你說過被謀殺的人很大機會變成靈體，

因為充滿了仇恨……」

我看著她，我知她已經發現了三個靈體出現原因的矛盾，我跟賴玟一直沒說出的「第四個原因」。

一個很簡單的原因，簡單的「決定」。

「完成這次案件，我再跟妳說。」我說。

就在此時，我們看到昏暗的大廈一樓，傳來了電筒的燈光！

「是誰？！」一個男人走向我們。

他穿著保安員的制服。

「警察。」我出示了證件：「我們來調查一宗案件。」

我看著他身上掛著的職員證，他叫何楚賓。

「來調查案件？」他在懷疑：「福叔給你們進來的嗎？」

「福叔？」伊喬問。

「就是大門的看更。」他看看手錶：「啊？他應該去巡樓了，我想你們應該沒看到他。」

「你們這裡有幾多位看更？」我問。

「晚上就只有四個，今晚還有一個放假，真的做死人了！」他在吐糟。

伊喬拿出手機，是何寬的相片：「你有沒有見過這個人？」

「沒有，你們在查什麼案件？我小時候就想當個查案的偵探，哈哈！」他笑說。

伊喬繼續跟那個年輕的看更對話，我的手機響起，我按下對講機的藍牙耳機。

「妳們那邊的情況如何？」

「現在我們坐升降機上六樓，從六樓開始搜索。」賴玟說。

「我們在一樓開始。」我看著那個看更：「大門有沒有一個叫福叔的看更？」

「有，你怎知道的？他帶我們上五樓。」

我回想那個年輕看更的說話。

「他應該去巡樓了，我想你們應該沒看到他。」

「賴玟，小心那個叫福叔的看更！可能有危險！」我緊張地說：「你們在升降機內？」

「對……我……」

「你做什麼？！等等！等等……」

對講機傳來了混亂的聲音！

「賴玟！賴玟！」

沒有回覆！

「快！我們到五樓！」我急速地說。

「發生什麼事？」伊喬問。

「賴玟那邊出事了！」我大叫。

「喂！你們不能擅自亂走！」年輕看更在我們身後大叫。

我沒理會他，一面走上樓梯，一面用我們MESUS的特別通話電話打給老頭。

「冥？怎樣了？」他很快接聽電話。

「你說有人報案說何寬在工業大廈，報案的人是誰？」我問。

「我們出了通緝令吧。」老頭說：「就是工業大廈的看更說看到何寬的，怎樣了？」

「報案人名稱？」

「等等。」老頭不久回答：「何楚賓！」

「幹！」我立即回頭。

那個何楚賓臉如死灰，身體與頭顱扭曲，出現了噁心的骨骼聲！

伊喬看到我回頭，她也回頭看：「嘩！」

「殺了你們！」

他撲上樓梯把伊喬整個人拉下去！臉上已經裂開的血盤大口張開，他要一口把伊喬半張臉咬下！

距離太遠，我沒法立即拯救伊喬！

「呀！」

就在何楚賓要咬下去的一刻，一支尖牙刷插入了他發黑的頸部！

是伊喬！她用我教她的方法還擊！

我一躍而下，把何楚賓一腳踢飛！他從樓梯滾落到下一層！

「伊喬做得好！」

她的臉頰染滿血水，手還在抖顫。

全身扭曲的何楚賓沒有停下來，快速爬回樓梯想撲向我們！

伊喬拿出手槍向他射擊！

「砰！砰！砰！」

「沒用的！」我大叫。

我按低她的手槍，然後拿出一支改良了、點火用的火槍，按下手掣，火焰立即噴向撲過來的何楚賓！

他臉上著火，立即剎停，痛苦地慘叫！我再加一腳，把他再次踢回樓梯下層！

「妳等我，別要亂動！」

我說完立即走到下層，拿出了尖牙刷，再次插入何楚賓的頸部！

他想把我推開，我拔出一把黑色刀身的短刀，插在他頸部的同一位置！

紅色、黑色混合的血水如泉般從他的傷口中湧出！

他掙扎了一會後……再沒有掙扎，真正的死在我的手上。

「冥……為什麼……」伊喬驚魂未定。

「我們中計了！」我抬頭看著樓梯上層。

不是我們去找何寬……

而是他引我們出現在他的面前！

然後把我們……一網打盡！

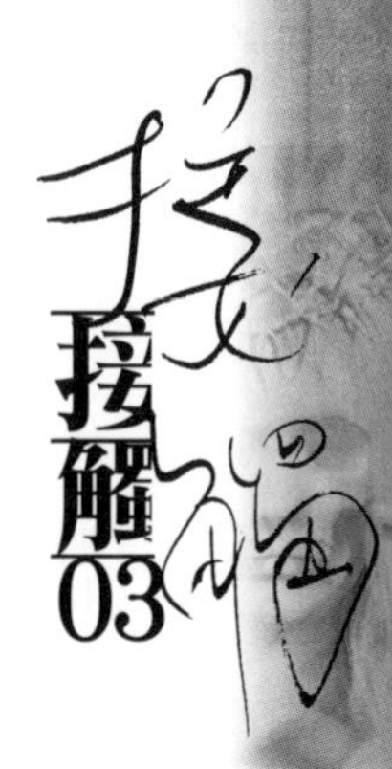

另一邊廂，升降機內。

那個福叔張大了口，他的喉嚨已經被貫穿，他就是剛才被何寬手臂貫穿喉嚨的看更！

他一手抓傷了賴玟，然後用雙手緊捉她的頸！賴玟被迫蹲了下來，她從被貫穿的喉嚨中，看到升降機上方的抽風機在轉動，她開始雙眼模糊，漸漸失去知覺……

就在她快要昏迷之際，傲巴用軟尺纏在福叔的頸上，把他拉開！

「賴玟！快醒來對付他！」傲巴用盡全身的力氣纏著他的頸。

福叔的頭顱一百八十度轉向後方，他用血紅的雙眼看著傲巴！

「你想先死嗎？」他口齒不清，說話時把血水都噴向傲巴。

就在傲巴眼前不到半尺的距離，他從福叔貫穿的喉嚨中看到一個人站了起來！

「咳咳咳……」

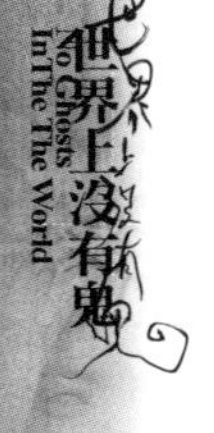

是賴玟！

賴玟拿著一個黑色的鐵鉗，直接把鐵鉗從福叔後方伸入他的喉嚨！

她用力一扯，把喉嚨內的黑色長蟲拔出，再用火機把它們通通燒死！

福叔痛苦地大叫，傲巴立即把他推開！

他們二人一起看著福叔在地上掙扎，然後一動也不動。

「叮！」

同一時間，升降機已經來到了五樓的樓層。

升降機門打開，在走廊的盡頭，一個單位亮著燈光，空氣充滿濃烈的血腥味道。不用多想，他們要找尋的人，就在單位之內。

「要小心。」賴玟按按自己的頸：「他就在那裡！」

傲巴抹去臉上的血水：「知道！」

他們一起看著前方的單位。

……

…

．

大廈五樓樓梯位置。

「傲巴他們為什麼不聽對講機？」伊喬心急地說。

「別想了，快找他們！」我說。

還未走入樓層，已經嗅到墨水混合血水的味道。

我們還以為可以找到何寬，沒想到反過來，是他引誘我們來到這大廈！應該不會錯，何寬已經被完全控制，而控制他的就是死去的鄭麗雯！

我跟伊喬跑向亮燈的單位，賴玟他們應該比我們更早到達。已經沒時間多想，他們沒有接聽對講機，一定是身陷險境之中！

我們走入了單位，很明顯這麼是一所印刷廠，噁心的氣味更濃。

「咔咔咔咔咔……」

突然，傳來了刮牆的聲音，印刷廠的大門自動關上！

「鄭麗雯！」我在印刷廠內大叫：「別傷害我們的人！我們是來幫妳找出殺妳的兇手！」

沒有回答，只聽到印刷機運作的聲音。

「賴玟！傲巴！你們在嗎？」伊喬也叫著。

「我不需要你的幫助。」在我耳邊傳來了一把女生的聲音。

我快速轉身，什麼也沒有。

「這邊！」

我們轉入了印刷廠的內部，眼前的畫面就像變成了紅色一樣，滿地滿牆也是紅色的血水，還有一個已經被分屍的人！

支離破碎的屍體！

「很……很噁心！」伊喬已經快要吐出來。

我看著掉在地上影印出來的紙張，紙張上印著一張已經腐爛的人臉。

然後，我聽到地上有東西在滾動，一個人頭正滾向我們！

「呀！」伊喬大叫。

我認真一看，他是……李哲海的人頭！

我跟何子彩一起見過的李哲海！當時，我還救了他！

「為什麼要殺死無辜的人？！」我喊道。

「為什麼？」一把男女混合的聲音說：「因為他們在取笑我！取笑我的人都要死！」

在我們前方一塊染滿血的大布簾落下！

何寬就在布簾之後！

在他的身邊，還有雙手被吊起的賴玟與被另一個看更挾持的傲巴！

「你想……你想怎樣？快放了他們！」伊喬勇敢地大叫著。

「你們……不想知道我為什麼要殺死他們嗎？」何寬奸險地笑著說。

接觸04

三個月前。

何寬、李哲海、朱美婷、趙施蕙四個學生在光大中學的天台上聊天。

「什麼？你真的拍了片嗎？」李哲海非常驚訝。

「對，我叔叔跟那個女學生搞在一起！」何寬吐出了煙圈：「要不要看？」

「你們很噁心啊！」朱美婷說。

「妳不看就罷了！」何寬說。

「我要看！我要看！」朱美婷大叫。

何寬扔掉煙頭，拿出了手機播放著影片，影片是一男一女做愛的片段，傳來了女生呻吟的聲音。

「這個女的跟我們的年紀差不多吧？」趙施蕙態度鄙視地說：「正臭雞！為了錢跟男人上床！」

「妳們不去做看看？嘰嘰，應該蠻好賺的！」何寬奸笑。

「我才不會像這賤貨一樣出賣自己的身體！」朱美婷說：「不如……我們教訓一下這個賤人？」

「怎樣教訓？」李哲海問。

「威脅她，你說把影片放上成人網！」朱美婷說：「然後要她在我們面前跳脫衣舞！」

「好呀！正呀！」李哲海的口水快要流下來。

「不如用這影片賣錢更好吧！」趙施蕙提意：「賣給那些鹹濕大叔！」

「不不不，不如我們也……來一發，也不錯！」何寬摸摸自己的下體。

「你們真的變態！」趙施蕙笑說：「臭雞也想上！」

「不上她，難道上妳嗎？」何寬揭起她的校裙。

「你去死吧！」

然後他們開始在天台笑著追逐！

手機沒有停止播放鄭麗雯痛苦的呻吟聲，他們卻在快樂地你追我逐。

很過份嗎？

從有網路以來，色情片已經充斥著整個世界，當人類看慣了正常的性行為，就會想看更變態的影片，當人類看慣了虛假的AV片，就會想看真實的強姦片。十多年來，人類的「獸性」，已經來到了沒法接受的程度。

如果說他們過份，更貼切的說法是……「不負責任」。

他們根本沒有任何羞恥之心，只要不是發生在自己身上，就當是笑話去評論別人，甚至，把別人痛苦的遭遇去賺受自己的利益。

世界不就是這樣「墮落」下去？

不止這樣，更「墮落」還有。

兩個女生走了後，只餘下兩個男生。

「我看到都硬了。」李哲海說：「剛才你說的……」

「嘰嘰，要不要我們兩兄弟一起來？」何寬笑說：「剛才她們兩個女生在，我才沒有說，其實我也跟她來過了！」

「真的嗎？不早點告訴我？」

兩個男生淫笑了。

這天，正好是鄭麗雯的……

「頭七」。

印刷廠內。

鄭麗雯利用何寬的嘴巴，說出了自己的痛苦遭遇。

畫面落在李哲海血淋淋的頭顱之上。

何寬走向前，一腳踏在他的人頭之上！

「賤人就需要死！他們全都是人渣！」「何寬」憤怒地說。

「就算是這樣，你也不需要殺死不相關的人吧？為什麼要殺死東明？」伊喬反駁他。

「誰說是我殺的？」何寬說。

「什麼？」

「那……這裡的看更呢？為什麼要殺死他們？」伊喬說。

「他們全部都要死！」何寬指著自己：「這個人渣把影片都給他們看了，所以他們全都要死！全都要死！」

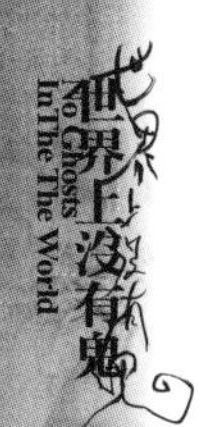

「這……」伊喬已經沒話可說。

「你們別要再多管閒事！」何寬說：「不然，你們也要死！」

我走上前：「鄭麗雯，我們是來幫助妳的，我們想幫妳找出真兇，然後抓他們去坐監！」

「你在說法律嗎？不，我要讓他們死得更慘，只是坐監實在太便宜他們了！」他說。

他話一說完，在桌上拿起一個鐵鉗，然後放入自己的嘴巴——何寬的嘴巴！

他用力地硬生生拔掉門牙！牙齒連血水掉到我的腳邊！

「不要！」伊喬已經不敢正視他。

何寬的嘴巴滿是鮮血，自己拔著自己的門牙有多痛？

鄭麗雯……要何寬承受痛苦！

要他得到應有的懲罰！

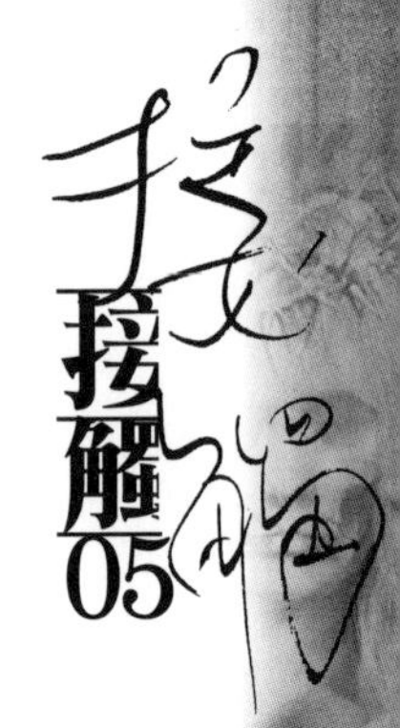

「冥……」在何寬身後，被吊著的賴玟迷迷糊糊地叫著我：「收拾他……別要讓他再傷害人……」

「別理我們！」被脅挾的傲巴說：「替東明報仇！」

我緊握著拳頭。

很奇怪。

我不明白。

為什麼會這樣？

是我想錯了？

如果她真的想殺我們，賴玟與傲巴也許一早已經死去。她引我們來，不是想殺了我們，當然，她沒法完全控制死去的看更如何攻擊我們，如果我們真的被殺了對她來說也沒關係，不過，她的目的不是想殺死我們……

而是要我們不再調查，不再阻止她！

不要阻止鄭麗雯報仇！

何寬下一個動作，拿出了一把軍刀，切下自己的左耳！

「呀！」何寬回復了數秒的清醒大叫：「救我……快救我！」

然後又再次被鄭麗雯控制：「哈哈哈！我就是要你痛苦，非常非常痛苦！」

他就像是瘋子一樣，自己跟自己說話。

「冥！」賴玟大叫，想我快點動手。

我要對付她？

她不是鄭麗雯的「本體」，只是附在何寬的身上，只要她不去控制我，我的確有能力可以對付她，但……

還是……

我的心跳加速。

「何子彩。」我突然說出何子彩的名字：「我們在她的信箱中找到妳的日記，我們已經查到這個地步！」

何寬收起了笑容。

當天，她控制著何寬的身體，去過何子彩的喪禮，而且她說過何子彩是好人，我相信「何子彩」這個名字一定可以影響到鄭麗雯！

「馬叔、三個學生，還有這裡的看更，通通都被你殺了！現在妳也控制著何寬，他的性命也被妳控制著！不過……」我認真地說：「是不是還有『一個人』？」

日誌內說是三個「禽獸」。

不是死去的學生，也不是這裡的看更，還有第三個強暴她的人！

「妳沒法對付他，對嗎？所以妳還未把『那個人』殺死，是不是這樣？」我追問。

「不！他一樣要死！一樣要死！」何寬不斷搖頭，口中的血水不斷濺出。

「放過何寬吧，我會替妳對付『那個人』！我會把『那個人』找出來，然後把他定罪！而且何寬也會得到應得的懲罰！」我堅決地說：「何子彩為了妳，幫助妳、調查妳的案件，也同樣死去了！如果她還在，一定不想妳這樣下去！請妳相信我！」

何寬低下了頭，看著自己已經染滿血的雙手。

幹！不錯！我的說話有效！

「還有，放過我的人。」我看著傲巴給他一個眼色：「我明白妳的痛苦，但已經足夠了，妳已經害死了很多人，妳把最後『那個人』告訴我，我們一定會把他捉到、定罪！」

「把他……捉到……」何寬在思考。

不，不是何寬，是鄭麗雯在思考。

「妳說坐監便宜了他？妳錯了，這樣的一個強姦犯，入到監獄絕對不好過！而且他將會被世人唾罵，一世也抬不起頭！」

「真的……會這樣嗎？」

我慢慢走近何寬。

我就像看到了穿著校服的鄭麗雯一樣。

靈體跟人類一樣，會依照過去的記憶去作出決定，鄭麗雯生前看來不是一個十惡不赦的少女，她會從過去的回憶之中保存一點「理性」，除非……

就在我快要接近她的一刻……

何寬一刀插入自己的肚皮之中！

然後用力向上拉！

我被他的舉動嚇呆！

肚內的內臟與腸，立即連同鮮血瘋狂流出！

「都、是、一、樣、要、死！」

何寬……笑著說出最後一句說話。

……

‥

.

她會從過去的回憶之中保存一點「理性」，除非……

她的怨氣與報仇心理比生前的理性更巨大！

更深不見底！

鄭麗雯在何寬肚上插入軍刀的一刻，已經可以肯定……

怨氣深不見底。

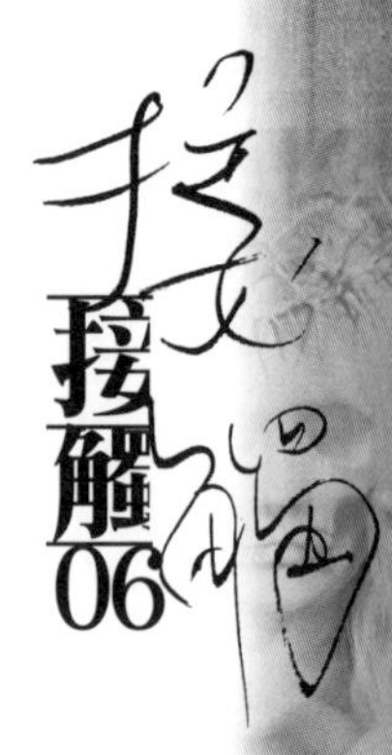

何寬肚皮被割開！內臟全部從身體湧出！血水沒法控制地如湧泉一般流下！滿地都是何寬的……腸！

「呀！！！」看到這噁心畫面的伊喬，不禁痛苦地慘叫。

呆了數秒後，我被她的尖叫聲弄醒，我知道何寬已經沒得救，然後立即把手上的尖牙刷擲向脅持傲巴的看更！

牙刷插入了看更的眼球！

傲巴立即用力鬆開了看更的手臂，然後拿出火槍伸入他的嘴巴之中……

點火！

已經被殺的看更痛苦地在地上掙扎，不久，他一動也不動，再死一次！

全場都靜了下來，只有影印機還在運作中……一下一下印出來的，是黑白影印的血水痕跡。

「傲巴，快放賴玟下來。」我躺在地上喘著氣說：「伊喬，聯絡老頭，告訴他現在的情況。」

「Yes……Yes Sir！」

我看著何寬的屍體，血水已經滲到我的鞋邊，為了不讓他變成像鄭麗雯的冤靈，我把另一支尖牙刷插入他的頸上，尖牙刷被染黑。

還有被割下頭的李哲海，同樣，我要把他的「怨氣」收起。

我把牙刷放入保鮮袋中。

MESUS的法醫蔡寶妍，已經習慣了我會這樣做，所以她不會在報告中寫上被牙刷插過的傷口。

十分鐘後，老頭跟MESUS的後勤人員來到現場收拾殘局，我們都只是少擦傷，不用到醫院。

我跟賴玟坐到一邊。

「為什麼不對付她？」賴玟問。

「她的目的不是想對付我們，而且這次跟在洗手間遇上她時不同，她沒有想控制我。」我吐出了煙圈：「最初我跟傲巴到遊戲中心，因為她不知道我們是不是想傷害她的人，所以利用了馬叔來對付我們。不過，她後來可能已經知道我們是想幫助她，所以，這次她只是想何寬慘死在我們的面前，然後嚇怕我們不要再阻止她報仇。」

「你最後說的『肺腑之言』也沒有用。」賴玟拿過我的香煙吸了一口：「看來，會再死……『兩個人』。」

她說的兩個人，其中一個就是正在休假的看更，也許他也看過鄭麗雯被強姦的影片。

「不。」我說：「我說的『那個人』，她或者沒法對付。」

「為什麼這樣說？或者她只是想留到最後才殺『那個人』。」賴玟想了一想：「啊……等等，是次序問題！」

「沒錯。」

先是馬叔，然後一早已經上了何寬身，之後就是其他的學生，最後是這大廈的看更，鄭麗雯依照「痛恨」的次序去殺人又或是控制人。不過，她還沒有殺死第三個強姦她的「禽獸」。

「馬叔、何寬，還有李哲海，不是三個人？」賴玟組織著思緒：「不對，李哲海是在鄭麗雯死後才看到她的影片。」

「對，所以『第三個人』還沒出現，因為鄭麗雯沒法對付『他』。」

「你說鄭麗雯沒法對付他的原因……」賴玟已經想到我想說的。

我點頭：「跟之前某一次案件一樣。」

「這樣就麻煩了。」

「不只是普通麻煩，是他媽的麻煩。」

我說過，「鬼」有分級數，而鄭麗雯這怨靈是非常可怕的鬼，她可以很容易入侵人類，甚至是控制其他的靈體，而且她殺人的手法都很兇殘。

而我說「她沒法對付」的原因，就是……

「那個人」身邊，應該養著一頭更猛的「鬼」。

比鄭麗雯更可怕的鬼。

「我要在『那個人』被鄭麗雯殺死前，又或是『那個人』再做傷天害理的事之前，比鄭麗雯更早查到這個人是誰！我還要替李東明與何子彩找出殺死他們的兇手！」

我看著地上還未清走的血跡：「我們MESUS靈異事件部，絕對要找出『真兇』！」

賴玟看著我，她知道多年來我也沒有改變，還是不顧一切去查案，她無奈地苦笑。

「我們一起找出真兇吧，還要調查出整件事的『真相』！」她說。

真兇

Chapter 07

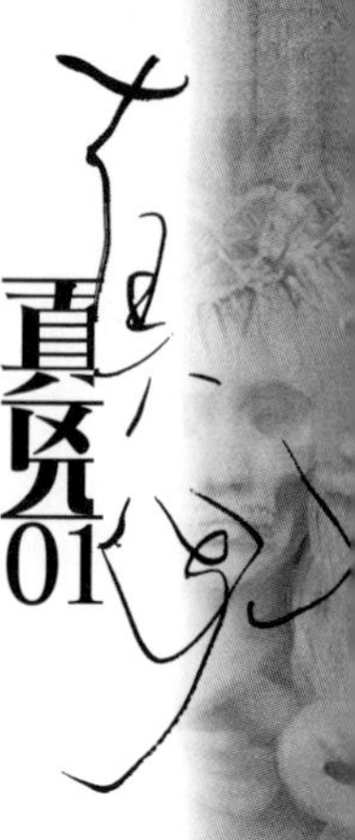

一間黑房內。

男人手握著一個血淋淋內臟，他用力一擠，血水滴下，滴在一隻小孩造型的銅公仔之上。

「對不起，暫時只有豬的內臟，我會找更新鮮的內臟給你。」男人對著銅公仔自言自語：「當然，人的內臟是首選。」

暗黑的房間，只亮著一個黃色的燈泡，燈泡突然閃了一下，同一時間，在銅公仔的後方出現了一個頭髮長及落地的小女孩影子。

小女孩沒有抬起頭，她用嘴巴舔著頭上流下的血水。

「我知道，我知道！但人類新鮮的內臟不容易得到！將就一下吧！」男人說：「怎說我也由妳胎兒開始一直把妳養大，給我一點時間，一定可以找到人類的內臟給妳！」

沒有窗的房間，一陣怪風刮起，男人像被什麼東西推倒，坐在地上。

他感覺到頸後觸碰到長髮，讓他很癢。

一個雙眼只有兩個黑洞的小女孩，站在男人的身後。

「我再……我再想想方法……」男人又繼續在自言自語：「總之，妳一直保護我，妳想要什麼我也給妳！」

燈泡再次閃了一下，那個女孩已經消失無蹤。

「養鬼仔」。

有人會利用人胎鬼仔來增加自己的偏財，「它們」大多都是一些胎死腹中、剛出世便夭折的嬰兒，又或是出世不久死於意外的嬰孩。

很多人都會把「鬼仔」與「古曼童」說成相同的東西，其實，它們是不同的存在，簡單來說，鬼仔的怨氣更大，而且……

「易請難送」。

男人把整個內臟的血也擠乾，然後離開了黑房。

在他的面上沒有一絲的恐懼，反而出現了笑容。

他走出了黑房，坐在沙發上。沙發的茶几上，有一個全黑的樽子，在樽上貼著一個字……

「彩」。

這個男人，就是鄭麗雯沒法對付的「那個男人」。

他坐在沙發上，打開了自己的手提電腦，欣賞著他一直收藏的「珍藏」影片。

畫面上，出現了遊戲機中心的背景，這個變態的男人，拍下了鄭麗雯死去的一幕。

「不要！求求你不要！」裸著身子的鄭麗雯痛苦地求饒。

「媽的！叫吧！叫大聲一點吧！賤人！」

他騎在鄭麗雯身上不斷搖晃，同時一巴二巴的打在她的臉上，鄭麗雯的臉已經被打到腫脹起來，嘴角也吐出了血水。

男人還未滿足，他雙手用力捉住鄭麗雯的頸！

鄭麗雯沒法叫出聲，只能用淚眼看著他！

男人瘋狂地呻吟，惡臭的體液從他身體射出！

同時，鄭麗雯已經被他……掐頸死去！

死不冥目地死去！

「他」，就是……

第三個強姦鄭麗雯的男人。

靈異事件部。

白板上已經貼滿了死者的相片，只有一個位置，冥畫上了問號。

「何子彩的銀包中有馬叔的電話號碼，即是她已經調查到其中一個強姦鄭麗雯的人就是馬叔。」冥在組織著已經得到的情報：「而且何子彩很大機會已經知道第三個人是誰，可惜，最後她被殺。」

「我不明白，鄭麗雯一定見過強姦她的人吧，為什麼何子彩還要調查那個人是誰？」傲巴問。

「如果你是強姦犯，而且多次強姦一個未成年的少女，你會告訴對方你的姓名嗎？」我問：「如果她當時只知道樣子而不知名字，鄭麗雯只能把外表形容給何子彩知道，所以何子彩才要去調查，而不是立即找到某人。」

「你說得有道理。」傲巴說：「還有一點我還是不明白，為什麼鄭麗雯的日誌本會放在何子彩的信箱中。」

「可能是鄭麗雯怕日記放在家中會被發現，她才把日記放在自己最信任的人那裡。而何子彩還未看到日記，就已經不幸被殺，所以一直還留在信箱之中。」賴玟分析說：「根據這方向，那三個禽獸會在鄭麗雯的家中跟她發生性行為，可惜，我們沒有在她的單位中發現精液與其他的毛髮。」

「他們都很小心。」我托著腮：「小心得有點過份。」

「鄭麗雯當時為什麼不報警呢？」傲巴問。

「只有十四歲的女生，根本不知道如何處理，而且他們三人也會用影片威脅她不可以告訴別人。」賴玟說：「我們都做過少女，很明白她的心情。」

「對。」伊喬嘆了口氣。

「冥，你真的肯定最有可疑的葉辛川，不是殺死何子彩的兇手？而且跟這案件沒關係？」賴玟想再一次確定。

「不是他，因為不合邏輯。」我說：「如果他是兇手，為什麼要留下了死者的胃部，要警方懷疑自己？」

「如果他已經計算到你的想法呢？他知道我們會覺得『不合邏輯』才這樣做。」賴玟說。

「也有可能，不過問題是為什麼大費周章去做這個動作？如果沒有留下胃，我們甚至不會知道何子彩去過米線店，也不會想到跟葉辛川有關。」我說：「除非兇手想跟我們玩『心理戰』。」

「好像又回到原點。」伊喬說：「當時鄭麗雯說東明不是她殺的，真的可以相信嗎？」

「不知道，如果東明去了鄭麗雯的單位後知道了信箱鎖匙的事，然後又回到何子彩的單位，我可以假設……」我指著何寬的相片：「當時附在何寬身上的鄭麗雯，其實是在自己的單位內，然後告訴東明信箱的事，東明才會回到何子彩的單位。」

「你意思是，有其他人在何子彩的單位殺了東明？」傲巴問。

「這我也不知道，不過的確有這個可能，東明未必是鄭麗雯所殺，如果她真的殺了東明，也不用跟我們說謊說，說不是她殺吧？」冥說：「她也殺了這麼多人了，為什麼要說謊？」

我在另一塊白板上寫著。

「我來整理件事的時間線，我把所有有關的人放入時間線中，如果你們看到什麼問題，立即提出！」

「半年前……」冥開始一面說一面寫。

半年前

從鄭麗雯的日記中得知，她半年前開始被三個男人侵犯。

侵犯她的人，包括了馬叔、何寬，還有第三人。還未知道第三人的身份。

三個月前

鄭麗雯停止寫日記，大概已經被殺，最大機會是被姦殺，而屍體被收藏到一個不為人知的地方。

同時，葉辛川偷取了何子彩的銀包，想利用還銀包的方法結識何子彩。

兩個半月前

葉辛川因偷銀包被捕，他一直把她的銀包一直帶在身上。葉辛川報稱在牢中第一次遇上「鬼」。

兩個月前

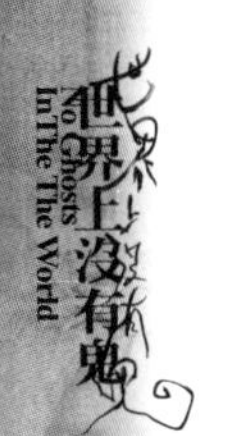

何子彩被殺，內臟被取出，只留下胃，胃部有食物殘渣。殘渣屬於一間米線餐廳，而葉辛川是該餐廳的員工，他報說當天沒有上班，同事也可以做證，所以沒有見過何子彩。

MESUS法醫蔡寶妍的報告中有說明食物殘渣的成份，不過調查案件的張志沖沒有向這方向追查。

一個月前

何子彩的鬼魂來到葉辛川家中，何子彩突然消失，葉辛川推斷她不是人。他從何子彩的銀包抄下了一個電話號碼，經證實是馬叔的電話號碼。

大約相同時間，馬叔在遊戲機中心被殺，兇手最大可能是鄭麗雯的鬼魂。

兩星期前

何寬、李哲海、朱美婷、趙施蕙來到遊戲機中心講鬼故，何寬不知道馬叔已經死去，當時馬叔鬼魂出現，可能已被鄭麗雯控制。當天，懷疑鄭麗雯已經上了梁何寬身，然後何寬失蹤。

四個學生在遊戲機中心講鬼故之後，所發生事件的時間線。

一天後

女學生趙施蕙從二十六樓墮樓，朱富城找我們幫助調查。隨後，朱美婷也墜樓身亡。

兩天後

朱富城帶同部下到已關門一個月的遊戲機中心，沒有發現，也不見馬叔的屍體，當時兩位探員聽到奇怪的滴水聲。

三天後

冥金全到李哲海的家，救了李哲海一命，同時，遇上不知道自己已經死去的何子彩的鬼魂。

數天後

冥金全與楊傲巴來到遊戲機中心，發現馬叔的鬼魂與已經發臭的屍體，才發現馬叔已經在一個月前死去。同時，冥金全感覺到鄭麗雯的鬼魂在遊戲機中心。

靈異事件部接手事件後時間線。

現在式

一、楊傲巴與李東明到MUSUS的檔案庫找尋何子彩的檔案，何子彩的鬼魂突然出現，知道自己已經死去，之後何子彩失蹤，再沒出現。

二、冥金全找上葉辛川，知道了偷銀包的事，同時知道何子彩也找上葉辛川。

三、鄭麗雯附身何寬，出現在何子彩的靈堂上，後來在洗手間與冥金全爭執，想控制冥金全。

四、冥金全向張志沖了解下屬何子彩的死因，得悉跟另一單案件手法一樣，張志沖認定是同一兇手所為。何子彩私自調查另一宗案件，估計是鄭麗雯被強暴的案件。

五、李東明獨自去了何子彩所住的單位，發現何子彩的鄰居是鄭麗雯，不幸被殺。死前留下信箱的線索，從何子彩的信箱中找到了鄭麗雯的日記，知道她被強姦的事。

六、靈異事件部收到線報，何寬在海濱工業大廈出現，立即展開調查，最後發現鄭麗雯的目的是警告靈異事件部不要阻止她報仇，她否認李東明是她所殺。工廈三位看更、何寬、李哲海全部慘死，靈異事件部得悉鄭麗雯過去的悲劇遭遇。

七、已知強姦鄭麗雯有三個男人，包括馬叔和何寬，還未知道第三個「禽獸」身份，鄭麗雯未向「那個人」報仇。

……

…

．

我一口氣組織了整件事的時間線，寫在白板上。

「在同一宗案件時間內出現的靈體與人物都有關聯，這是我這麼多年來的經驗。」我本想撥頭髮卻發現長髮早已剪短：「兇手的名字，或者就在白板上。」

我們都靜了下來。

還有什麼發現嗎？

真兇03

「即是說，我們四個都有機會是兇手。」賴玟說。

「怎可能？」傲巴說。

「的確是，可能我們其中一人已經被她附身了。」我跟他微笑。

大家再次靜下來。

「別嚇他們吧。」賴玟說：「大家有沒有什麼發現？」

「出現得最多的名字是葉辛川，我總是覺得他很奇怪。」伊喬說。

「還有，張志沖沒有調查胃部的食物殘渣，我也覺得他不會看漏了這一點。」賴玟提出。

「我反而覺得何子彩沒有再出現很奇怪，如果她是想幫助鄭麗雯，應該會再次出現幫助我們吧？」傲巴說。

他們再次討論整件曲折離奇的案件。

突然，在我們後方出現了物件掉下的巨響。

我們立即回頭看！

「對不起，我想把放滿文件的紙箱搬走，卻因為太重了，掉在地上，哈哈！」老頭笑說。

「你叫我們幫手吧！」傲巴走到他身邊幫他搬起重紙箱。

「你們正在全神貫注討論案件，我不想騷擾你們，哈。」老頭說：「很久沒這麼多人一起查案了。」

「你這老骨頭真的是，太重就把紙箱內的文件一疊疊拿出來再搬吧，你又不趕時間。」賴玟也去幫手。

「之後我會的了，我還以為自己可以整個箱子搬走，不過我老了。」老頭帶點尷尬地說：「你們不用理我，繼續討論吧，快找出真正的兇手！」

就在此時，我整個人彈起！

「老頭你說什麼？」我問。

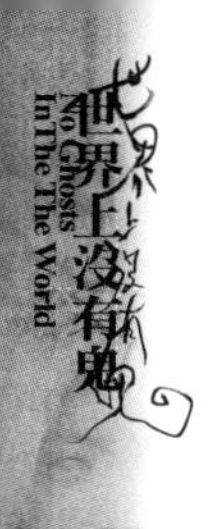

「我說你們不用理我，快找出真正的兇手。」

「不，之前呢？」

「我老了。」

「不，再之前呢？」

「冥，你怎樣了？」老頭有點不耐煩：「我說我以為自己可以整個箱子搬走，不過我老了。」

「對！原來是這樣！」我瞪大了眼睛，整個人也很亢奮：「原來是這個原因！」

「發生什麼事？你發現了什麼？跟老頭的紙箱與文件有關嗎？」伊喬問。

「對！是紙箱與文件！」

我快速在寫滿字的白板上用紅筆畫來畫去。

其他人根本不明白我在做什麼。

我看著已經被我畫滿紅線的白板思考著，大家也在等待我的下一句說話。

「老頭。」冥說。

「怎樣了？」

「或者……你已經幫我們破案了！」

我皺起眉頭認真地說。

三天後。

我跟張志沖來到總部外的露天停車場，這裡可以看到山下的學校。

「我只是假設，如果看過死者的死亡資料，可以『模仿殺人』嗎？」我問。

「的確可以，不過，問題就在為什麼要模仿兇手去殺死子彩？」張志沖說。

然後，我說出了三天前想到的「答案」。

聽到我的說話後，張志沖整個人也呆了。

「原來……是這樣嗎？」張志沖搖頭：「我一直也沒有留意到這一點！」

「很正常，因為你首先接觸第一宗案件，然後出現相同的兇殺手法，就會很容易覺得是同一個兇手所為。」我替他說話：「而我卻是先接觸何子彩的案件，然後才知道有相似的殺人手法。」

「冥，謝謝你提醒我！我欠你的！」張志沖拍拍我的肩膀。

「你不只欠我這些，嘿。」

然後，我把何子彩胃部留下食物殘渣的事告訴了他，他整個人也像醒了一樣。

「我們完全沒有發現！」張志沖說：「我被第一宗案件完全沖昏了頭腦！」

「也不能完全怪你，等等。」

我走回汽車內，拿出何子彩那份驗屍報告給他看。

「因為不能向傳媒公開引起恐慌的案件，會交到我們MESUS法醫蔡寶妍解剖。」我揭到報告的最後一頁：「MESUS的報告因為要保密，所以跟一般的驗屍報告不同，你看漏了也不足為奇。」

就如某些電訊公司的使用條款一樣，我們MESUS都習慣不明顯地寫出備注，而且會用細字去寫出不尋常的內容部份。

「我真的沒看到這部份！」張志沖把檔案放近看：「然後呢？你有沒有調查到什麼？」

「當然有。」

我把何子彩吃過米線的事，還有葉辛川是米線店的員工的事，通通告訴了他。

「這樣……」

「沒錯。」

「別等了，他可能會繼續殺人！」張志沖說。

「等等……我還未說完呢。」我認真地說：「我有一個……『計劃』。」

真兇04

凌晨，米線店廚房。

餐廳已經打烊，只餘下我一個人在廚房看書。沒錯，這是我的生活習慣，我喜歡在這裡閱讀，走入我的「哲學世界」。

同事都跟我說：「葉辛川，你只不過是一個餐廳侍應，看什麼哲學書！」

在這世界，有太多人會以貌取人，廚房佬就不能博學多才？賣魚佬就不能學富五車？像我這些侍應仔就不能閱讀？

錯了，我甚至是一位「文雀」，當然手法還未純熟就是了。

「我思故我在。」

是法國哲學家笛卡爾（René Descartes）的哲學命題，他在《第一哲學沉思集》的第二沉思中，試圖通過著名推理建立他的「確定原則」。

要讓他的推論正確，必先有大前提「凡思考的東西都存在，當我在思考，所以我存在」。

意思就是「我無法否認自己的存在，因為當我否認與懷疑時，肯定有一個『思考者』正在思考，代表了我就已經是存在的，這個『我』並非肉體的『我』，而是思維者的『我』，如果否認自己的存在，是自相矛盾的」。

我一直都相信笛卡爾的說法。

那天，冥金全回答了我另一個一直思考的問題：「世上如果沒有人，有沒有鬼？」

他說：「沒有人，就不會有鬼」。

他讓我對「凡思考的東西都存在」這句說話，得到了更大的領悟。

「凡思考的東西都存在」，除了是思考中的人，還有思考者思考中的「物體」。

當然，我沒有盡信他的說話，不過，當我首次遇上了靈體，而且不是由別人說出的鬼故事，而是由我親身經歷，我這個本來的唯物主義者，對「沒有鬼」這件事已經動搖。

我開始相信世界上存在一些我們還未認知的「物體」，「它們」的確是存在的。

我思故我在，同時，我思故「它們」在。

「何子彩，妳會再出現在我的面前嗎？」我拿著手機，看著她的相片：「我不怕的，就算你是血肉模糊地出現，我也不怕，我只想見妳一面。」

沒錯，當天我除了抄下電話號碼，還用手機拍下她銀包中的相片。

一張永遠保留在二十三歲的相片。

……

…

．

十五分鐘後，廚房的後門突然打開，同時，我聽到店面的鐵閘也同一時間被拉起。

「發生什麼事？！」我走到後門的方向。

一個男人手持手槍，拿出警員證！

「別要亂動，我是重案組督察張志沖！」

三日前，總部外露天停車場。

「我有一個『計劃』。」冥跟張志沖說。

「什麼計劃？」張志沖問。

「首先，你要知道，整件案件已經不在你能力處理的範圍，所以你要全權交給我。」冥指著檔案上何子彩的相片：「兩宗案件，都涉及我們下屬的犧牲，所以我希望我可以主導整個行動。」

「這樣……」

「不是希望，是一定要。」冥說：「這是你們沒法對付的靈體。我知道你不相信世界上有鬼，不過，就當是發生了一些沒法理解的事吧，至少，我可以盡力保護你下屬的安危。」

「我明白了。」

「另外，因為本來是朱富城的案件，我也想他在場協助。」我說：「人手多會更好。」

「我認同，我也很久沒見過朱富城。」張志沖說：「冥，我想問你一件事。」

「你說。」

「槍是不是不能對付『它們』？」

「你想用明朝的劍斬清朝的官？」冥說了周星馳演《九品芝麻官》的一句對白。

「你有方法對付『它們』？」

「我不能保證可以沒有人受傷，不過，至少我會把傷害減到最少。」冥說：「還有一件事，其實……」

冥在他的耳邊說。

「什麼？！」

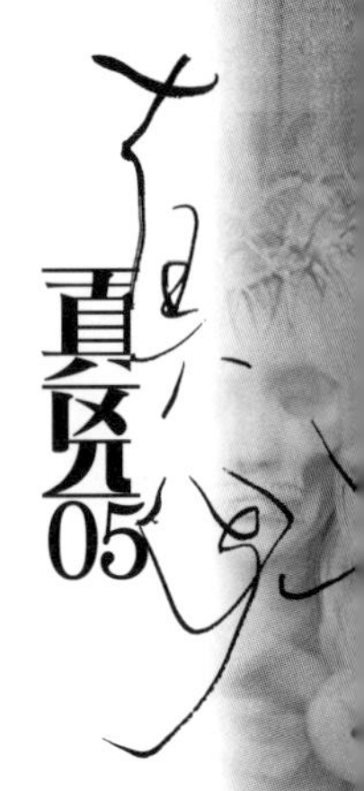

三日後米線店廚房。

「別要亂動，我是重案組督察張志沖！」

同一時間，正門的冥、賴玟、傲巴、喬伊與朱富城等人已經走入了廚房，葉辛川被包抄，只能舉高雙手！

「發……發生什麼事？」葉辛川非常驚慌。

「現在懷疑你跟幾宗兇殺案有關！」張志沖說：「別要反抗，跟我們回去警署！」

「什麼？我什麼也沒有做？！」葉辛川大叫。

「我們在何子彩的胃中，找到這間米線店的食物殘渣，你又在這裡工作，而當日你正好放假，我們懷疑當天何子彩吃完米線後被你殺害！」張志沖說。

葉辛川看了冥一眼，指著他：「他已經說明了我不會這樣做！我怎會把證據留在死者的身上，然後讓你們調查！？」

「這正好是你的計劃。」冥走上前：「你就是用『不合邏輯』來讓我們把對你的懷疑撇除。」

「這人真的狡猾！」朱富城說：「把我們弄到一團糟！其他人都是你殺的嗎？」

「什麼人？我根本沒有殺過任何人！」葉辛川說。

「李東明！在何子彩家被你殺了嗎？」賴玟問。

「沒有！」

「別再狡辯！」傲巴說：「因為何子彩幫助鄭麗雯查案，你殺死了何子彩，然後李東明幫助何子彩調查她的案件，你就殺害東明！」

葉辛川皺起眉頭，不斷搖頭。

「別跟他說這樣多！快替他扣上手扣！」朱富城說。

張志沖跟他的下屬慢慢走向他……

就在葉辛川快要被捕之際……

「他」覺得有問題。

「他」覺得……

米線店廚房內有問題！

就像有一個「結界」把「他」影響著一樣！

兩日前。

「我要你幫手。」冥說。

「怎樣幫手？」

「我要在廚房中佈下一個把靈體困住的『結界』。」冥說。

「結界？不會吧，哈，科幻小說嗎？」

「是真的，就如死者鄭麗雯的鬼魂，被困在遊戲機中心一樣原理。」冥說。

「什麼？」

然後他說出了鄭麗雯一直也沒有出現「真身」，只利用控制別人來進行她的報仇計劃。當然，鄭麗雯不能走出遊戲機中心是「天然的結界」，而冥想做的是人類製造的「結界」。

「我要做什麼？」

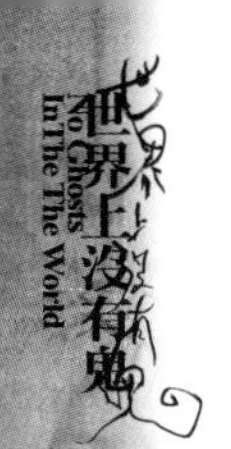

「很簡單，你就是兇手。」冥說。

「什麼意思？」

然後冥把整個計劃告訴了他，他聽到心跳加速。

「這樣可行嗎？會不會有危險？」

「會，會有危險，不過……」冥說：「你不想找出殺害何子彩的真兇嗎？」

他在考慮一會，然後說：「想，就算我不認識她，我也想幫助她沉冤得雪。」

「很好，你只要跟著我的說話做就可以。」冥說。

然後，冥說出他的計劃。

……

…

．

葉辛川在留心聽著他的說話。

兩日後米線店廚房。

「別跟他說這樣多！快替他扣上手扣！」朱富城說。

張志沖跟他的下屬慢慢走向葉辛川，葉辛川再次看著冥，冥輕輕點頭。

「咔！」

手扣鎖上，不過，不是鎖在葉辛川手上。鎖上手扣的也不是張志沖，而是……冥，把「他」的手，扣在廚房的一張鋼桌之上！

「你……你在做什麼？」他問。

「鎖著……真正的『兇手』！」冥說。

葉辛川不是真正的兇手？

全場人也一起看著他，因為，只有「他」一個人不知道發生什麼事。

只有「他」一個人不知道，他們是為了引「他」來到米線店的廚房！

因為廚房已經佈下了「結界」！

「當我知道殺死何子彩的『原理』之後，然後我就明白兇手為什麼要這樣做。」冥認真地看著他：

「我就開始懷疑你是……整、件、事、件、的、兇、手！」

一日前，靈異事件部。

他們四人把案件的資料都放在老頭的桌上。

「已經可以……相當肯定了。」冥說。

老頭看著資料，倒抽一口涼氣。

「讓我來跟你解釋。」冥在文件中找出何子彩的檔案：「真正的兇手是想利用同樣的手法『模仿』之前的兇手，把身體內的內臟全部取出來。」

「為什麼『他』要這樣做？『他』想嫁禍上一個兇手？」老頭問。

「這只是其中的一個原因，同時，『他』用這個原因，去隱藏著另一個更重要的原因。」冥說：「這個原因是……『紙箱與文件』。」

「紙箱與文件？你說幾日前我替你破案了，就是這個意思？」老頭問。

「對。」冥說：「紙箱與文件，代表了……『身體與內臟』。」

「什麼意思？」

「那天，你要搬走紙箱，但因為紙箱太重，所以最後你要把紙箱內的文件拿出來後，才可以搬走紙箱。」冥指著旁邊的紙箱：「兇手除了是想模仿前一宗兇殺案，還因為……」

「屍體太重，他沒法搬走屍體，才會把內臟全部取出來！」

一個人的內臟重量加上血液的流失，大約是百分之二十至三十，以何子彩身高一米六，體重大約介乎於四十至四十五公斤左右，如果失去了百分之三十的重量，就是大約三十公斤重。

「減輕了屍體的重量，更容易把屍體搬動！」冥說。

「放血不是更好嗎？」老頭問。

「放血需要用很多時間。」

「分屍呢？」

「因為兇手要模仿上一宗兇殺案，不會選擇分屍，更何況你知道要斬開一個人的手腳，要用多大的力氣嗎？」冥解釋：「一個要把屍體『減磅』搬動的人，根本不可能分屍。」

「的確是如此。」老頭終於明白。

「為什麼兇手要取出內臟呢？還有最重要的一點，或者其他部門根本不會發現這『重點』，而我們卻知道。」冥說：「老頭，你記得我說過嗎？鄭麗雯沒法對付『那個人』的原因？」

「因為兇手身邊養著更可怕的『鬼』。」老頭想起他的說話。

「養最凶猛的靈體，需要什麼？」

「鮮血與內臟！要用人類內臟餵養！」

只有靈異事件部的他們會知道這一點！

「沒錯，兇手要減輕屍體的重量，所以要取出何子彩的內臟，而人類的內臟又可以用來餵養最凶猛的靈體，一舉兩得。」冥說。

「你已經解開了兩宗案件不是同一個兇手的謎團，但你又怎知道那個兇手就是……」老頭指著其中一個檔案：「『他』？」

「因為知道被取出身體內臟案件的人，就只有我們……」

「內部的人！」

「伊喬，妳當時也不知道有這兩宗兇殘的案件，對嗎？」我問。

「對啊！」伊喬說：「之後你跟我說是因為需要消息封鎖，不能讓大眾恐慌，甚至出現模仿效應，才不會出現在媒體的報導中。」

「所以，只有我們『內部的人』才知道第一名死者與何子彩的被殺手法。」冥說。

「我們內部也有很多人，怎麼肯定是『他』？」老頭還未相信。

「因為，我『親眼』看到了。」賴玟說。

「親眼……看到？」

「一個正常的男人，如果要搬動一個四十公斤左右的女生屍體，其實不算是困難，但為什麼兇手要大費周章地取出內臟才搬運？只有一個原因，因為兇手的手受傷，又或是沒法發力！」

賴玟的確是「親眼看過一次」。

當天，賴玟跟他見面對話。

他想拿起咖啡喝，手一乏力，不小心把咖啡倒了出來。

「你的手沒事嗎？」賴玟問。

「沒事，沒事！老毛病，風濕發作！哈哈！」他笑說。

那個人，就是……

朱、富、城！

一日後，米線店廚房現場。

我把手扣鎖在朱富城的手上！

「最初，你利用我介入調查，是要把案件變成跟靈異事件有關，所以才找我幫助調查！」我看著他說：「你要把人為的兇殺案，變成了靈異事件的兇殺案，因為有太多的靈異兇殺案沒法定罪。不過，這樣還不夠安全，你還要留下胃部，嫁禍給其他人，如果調查到是人為的案件，也有一個替死鬼，那個人就是葉辛川！」

他留下何子彩的胃部，就是想我們墮入「兇手怎會自己留下證據」的不合邏輯之中！

朱富城利用了「反邏輯」來讓我們以為葉辛川就是兇手！

當然，他不知道誰會是他的「替死鬼」，也不會知道是葉辛川，可能是米線店的其他員工也不定，但他的想法，就是想我們轉移視線去到「某一間食店」。

「冥，你是不是瘋了？我怎會殺人？」朱富城的額上佈滿了汗水。

我佈下的「結界」正在影響著他！

沒錯，我要引他來到米線餐廳，就是想他墮入「結界」之中，不讓那隻比鄭麗雯更可怕的靈體傷害在場的人！

「你不會殺人嗎？」我用力拉開他的衣袖。

朱富城的手臂滿是血痕，有些深有些淺，很明題是在不同的時間割傷。

「為什麼你沒有力氣搬走何子彩的屍體呢？因為你要不斷用自己的血去餵食那隻靈體！手臂受傷的你沒法把屍體搬走！」我再次說出了鐵證如山的證據。

「我只是不小心弄傷，我才沒有……才沒有養鬼仔！」朱富城還在狡辯。

「好吧，那就去你的住所看看，你有沒有養靈體的地方或是房間！」我說：「還有，為什麼要把何子彩的屍體搬動？跟第一宗案件，死者死在自己家不同？因為很大可能，何子彩就是在你的家被殺，你才需要搬到另一個沒人的地方！」

朱富城沒有說話，他的汗水流得更多，全身在抖顫。

「不如這樣吧，我們找人去你家蒐集證據，如果沒有任何何子彩的血液殘留，我就放了你，如何呢？」我用手撇下他的手臂：「你還要狡辯到幾時？」

朱富城利用了我的信任，讓我也成為他的其中一隻棋子！

「這樣吧……」朱富城低下了頭。

我等待著他一下句說話，他已經肯認罪嗎？

「你們全都要死！」

話一說完，刺耳的尖叫聲出現在廚房之中！

同一時間，廚房上方的光管碎裂，漆黑一片！

「大家小心！」

整個廚房都是「結界」。

所謂的「結界」，不是什麼科幻小說的情節，而是我們在廚房範圍裝上的「電離層」裝置。電離層，是在第一次世界大戰前才被發現的一層「導電層」，屬於地球磁層的內界，它能夠影響到無線電波的傳播，同時，也可以影響靈體的威力。

從剛才朱富城出汗的反應，就可以知道，他已經被影響。

不過……

「呀！」

在漆黑之中，我聽到有人在大叫！

我立即拿出手機打開電筒的功能：「葉辛川！廚房有沒後備電源！」

「有！我去開！」

同一時間，大家也像我一樣拿著手機電筒！

「冥！」賴玟用手機照向我。

我留意著在場的人。

朱富城呢？

我們再次聽到大叫的聲音，是從張志沖那邊傳來！

「發生什麼事？」我用手機指向後門的方向。

張志沖的下屬，手中拿著廚房的菜刀，向著張志沖攻擊！而另一個下屬已經被刺傷倒地！

「他們被附體！」賴玟說。

沒可能的！在「結界」中靈體的威力會大大被削弱，就算可以控制人，也未必可以要人去殺人，除非是我們人類自願被上身，又或是……

那隻鬼的級數，已經超出我們可以應付的範圍！

超出「結界」的能力！

我立即走向張志沖的方向，一腳把他的下屬踢飛！

「志沖，你沒事嗎？」我問。

我用手機照向他，他的雙眼通紅，面如死灰！

「它……要控制……我……」張志沖辛苦地吐出說話。

我二話不笑，立即拿出軟尺，沒想到身後的警察已經再次起來向我攻擊！

「冥！小心！」

傲巴趕到，用尖牙刷插入他的手臂，救我一命！

「別……傷害……我的……人……」張志沖憑著意志繼續說話，他的口中已經吐出鮮血。

同一時間，葉辛川打開了廚房的後備燈，我立即用軟尺圍著張志沖！

「用我的方法，綁著他！」我說。

「知道！」

喬伊也過來幫手，跟東明一起用軟尺纏著那個想刺向我的警察，而賴玟在替另一個被刺傷的警員止血！場面非常混亂！

「冥！」葉辛川指著我們前方大叫。

一個頭髮長到落地的女孩，低下了頭，站在我們的前方！

她只是站著，已經有一種讓人心寒的感覺！

是她！

自行鬆綁的朱富城養的鬼仔！

「你們……全部都要死！」朱富城興奮地大叫。

朱富城從廚櫃下方走出來，站在那女鬼的身邊，他用刀割傷手臂，血水滴在女孩的頭頂。

「呀！呀！呀！」

那個被賴玟搶救的警員大叫，他想用手指插入自己的眼球之中，賴玟用盡全力阻止了他！

已經被我綁起的張志沖不能控制自己，他用頭碰向廚櫃之上！不斷地碰著，頭破血流！

女孩慢慢地抬起頭，眼球被挖出、鼻子被割去，嘴巴的牙齒也全都拔去，她發出了刺耳的尖叫聲後，後備的燈也全部爆碎！

「結界」沒有用！

完全困不住這女鬼！

在場的人都要死在它的手上！

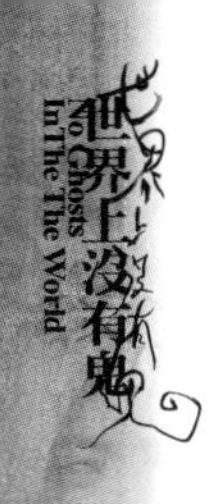

是我計劃這次的行動……

是我把全部人都害死！

是我！

等等……

冥金全！你要冷靜！要冷靜……

還有什麼方法對付她嗎？

為什麼……

我們四個MESUS的人，還有葉辛川沒有被它控制？

為什麼？！

結局
Chapter 08

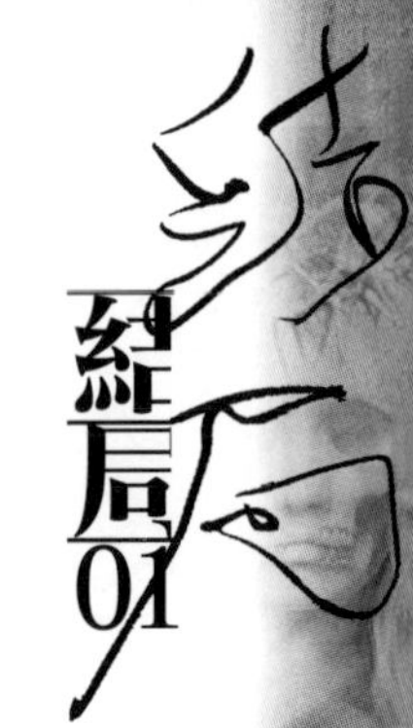

廚房再次回到一片漆黑。

我只聽到痛苦地大叫的聲音。

還有我自己的呼吸聲。

冥是不是已經沒辦法對付那隻女孩的鬼？

我也會一起死去？

我回憶起「她」的說話。

我回憶起「她」在他們來到之前，十五分鐘前的畫面。

……

…

‧

十五分鐘前。

「何子彩，妳會再出現我的面前嗎？」我拿著手機，看著她的相片：「我不怕的，就算你是血肉模糊地出現，我也不怕，我只想見你一面。」

沒錯，當天我除了抄下電話號碼，還用手機拍下她銀包中的相片。

一張永遠保留在二十三歲的相片。

「你真的這麼想見到我嗎？」

我聽到一把女人的聲音，廚房內明明就只有我一個人！我全身都起了雞皮疙瘩！

我慢慢地抬起頭……

何子彩站在我面前，不是血肉模糊，外表跟我第一次見到她時一樣。

「妳是……鬼嗎？」我問了一個很無聊的問題。

「之前見你我不知道，現在我知道了。」何子彩坐到我的身邊。

有一陣寒風吹來，很冷，我不敢亂動，只有僵硬地坐著。

「我……」我吞下了口水：「我也是，之前也不知道妳遇上這不幸的遭遇，現在知道了。」

「謝謝你把銀包還我。」

「不，其實是我偷了妳的銀包，因為我想把銀包還給你，然後認識妳。」我說出了真相。

「是這樣嗎？可惜，太遲了。」

我近距離看著她，她的皮膚雪白，眼睛在閃動，我有半秒覺得她根本不是鬼，只是一個平常的女生。

「為什麼……妳會出現在這裡？」我問。

「因為我想幫助你。」她說：「還有冥金全他們。」

「什麼意思？你知道我們的計劃？」我追問。

她點頭：「我一直也在你身邊，只是我沒有跟你溝通。」

「我一直在你身邊」這句說話，絕對會讓人心寒，不過，奇怪地，我完全沒有這份心寒的感覺。

「我被困著，我沒法跟你說話，而且沒辦法在別人面前現身。」她解釋：「不過，如果先附在你的身體，或者可以成為我的『媒體』，然後我就可以附在其他人身體。」

「困著？那為什麼妳又會出現在這裡？」我問：「不，妳說一直在我身邊……」

「強烈的『想念』，可以把一個人帶到他的身邊，我還被困著，只是『一部分』出現在你睇前。」

她說：「當然，有些情況，我們只可以在夢中相見。」

是……腦電波？還是神經元交流？

我只會用科學去解釋，想也沒有想到會是這一個原因。什麼「想念」一個已經死去的人就可能會夢到他？甚至會在我們的面前出現？我一直也不相信……

「我們已經想好了計劃。」我說。

她搖頭：「沒用的，因為他會把『它』帶在身邊，『它』會在現場出現。」

然後，她說出了可以先入侵我們，因為一個身體只可以被一個靈體附體，這樣就不怕被控制。

「這樣也可以嗎？」我問：「你不怕冥佈下的『結界』？」

她沒有說話只是看著廚房。

不久，她說：「後遺症是……我會永遠被困在這個廚房。」

「什麼？這樣……解除結界也還是被困？」

「對，就像人們說的游魂野鬼一樣，只可以出現在同一個地點。」何子彩說：「你會為我跟其他死去的人對付那個人嗎？」

我點頭：「我會！」

「謝謝你。」他溫柔地說。

「我……可以觸摸妳嗎？」我又說出了一個奇怪的問題。

她點頭。

我伸手到她的手背輕輕接觸，很冰冷，完全沒有體溫，我現在是……

接觸著鬼魂嗎？

我眨了一眨眼，她已經消失了。

剛才……我真的在跟何子彩對話？

結局02

十五分鐘後。

還有什麼方法對付它嗎？

為什麼我們四個MESUS的人，還有葉辛川沒有被控制？

為什麼？！

正當冥在想著方法時……

「聽著，你們都聽著。」

在冥的腦袋中，出現了一把女生的聲音！

「我現在已經附在你們的身上，五個人……已經是我的極限。」她說：「只要我還在你們的身上，它就沒法控制你們！」

是何子彩！

「冥！她來幫助我們！」葉辛川大叫。

「是……何子彩！」傲巴在腦中也聽到她的聲音。

「朱富城隨身帶著小孩的銅像公仔，『結界』不會對『它』有作用。」何子彩說：「所以……」

「我明白了！」冥笑了。

同一時間，他看著賴玟，賴玟點頭。

冥為什麼會笑？

因為如果朱富城是帶著銅公仔，這同時代表了只要破壞那隻銅公仔，他們還有機會！

「現在……我們……我們怎樣辦？」喬伊問。

「喬伊！打開廚房的所有爐頭！」冥大叫：「葉辛川、傲巴你們捉住朱富城，賴玟，妳搶公仔！

這女孩靈體由我來對付！」

話一說完，冥已經行動，衝向那個五官全毀的女孩！

女孩發出高頻的尖叫聲，尖銳的長髮向他伸去！

冥手上只拿著手機電筒，沒法看得清楚，根本沒辦法回避！

突然，他的身體自動避開眼前的長髮，胸前只是擦傷！

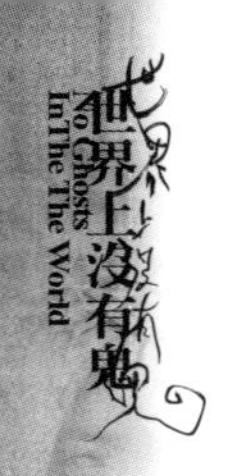

「我來回避它！」何子彩說：「你攻擊！」

冥的身上好像出現了何子彩的半透明身影一樣，一個人，兩個靈魂！

「我相信你！」

冥掉下了手機，拿出點火火槍向女孩靈體噴射！

火把它的頭髮燒著！她發出了悽厲的叫聲！

冥終於來到了女孩靈體的前方，尖牙刷直接插入了她沒有眼球的眼睛之內！

女孩冤體在痛苦地掙扎！頭髮在冥的臉上劃出數道血痕！

「媽的！」

冥在腰間拿出一支鎖匙，他從來也沒有使用過這道具，鎖匙的外面層打開，在裡面是尖銳的刺針！

這是他最厲害的道具，是由罕見的含硼礦物製成！

就在刺針快要刺入他的額角，冥停了下來！

「什麼……怎可能？」冥表情慌張。

女孩靈體的長髮纏在冥的頸上，然後冥把手上的刺針慢慢地插入自己的耳蝸之中！

「不行……我沒辦法……控制它！」何子彩在冥的腦中說話。

正常是不可能有兩個靈體附在人類的身上，可惜，他們這次遇到的是一個長期被虐待的女孩，而且非常痛苦地慘死的冤靈！

她被挖出眼球！被拔去牙齒！被割下鼻子！被人性侵！最後痛苦地被殺！她的怨氣之大、她的能力之大，已經不是冥他們可以想像！

「呀！不要！」

冥心中想，我要死了嗎？

就在針快要刺入耳蝸之際，在廚房中出現了大火！

「@$#$%f！$^！！！」

女孩靈體發出了鴞啼鬼嘯的叫聲！

「冥！」

葉辛川、傲巴與賴玟三人，成功制服了朱富城，搶去他身上的銅公仔，把公仔掉給了喬伊，然後爐頭一把火把它燒著！

靈體恐怖的叫聲沒有停止，此時，冥已經可以奪回自己身體的控制權！

「對不起了！」

刺針刺入了它的身體！

女孩靈體立刻全身著火！

在她身上湧出了惡臭，比屍體的臭味更可怕！

「還未完結！」冥看著爐頭上燒著的銅像。

然後，他快速跑到爐邊……

一手拿出了銅像公仔！！！

「呀！！！」

冥完全沒有理會自己手被燒傷，他大叫：「賴玟！」

他把銅公仔掉在地上，賴玟立即上前用梵文紅布蓋著它！

「不要！不要！！！！」被制服在地上的朱富城大叫：「不要！！！！」

梵文紅布整塊變成了黑色，銅公仔還在劇烈地擺動！

「快用火槍把她燒死！」傲巴大叫。

賴玟拿出了火槍準備向銅公仔發射之時……

「不要！」

冥一手捉住她的手！

冥被女孩鬼上身了嗎？不，冥是自己去阻止賴玟把她殺死！

「我不會殺妳！請妳也不要傷害我們的人！」冥向著廚房中的女孩靈體大叫：「我知道妳在生時的

痛苦！我明白的！但我們不是那些傷害妳的人！我們從來不是！」

冥一直也接觸不同的靈體，對於冥來說「人比鬼可怕」，女孩靈體受的痛苦，冥是明白的，就像是感同身受一樣。

女孩死後，靈體還要被人類的法師、巫師，甚至是降頭師等等利用，甚至被朱富城利用，她就算死了，也沒有真正的「解脫」。

「我知道妳在生時的痛苦……」冥認真地說：「我更明白妳……死後的痛苦！」

銅公仔停止了擺動。

從來也沒有人會說「明白」一隻冤靈的「感受」。

從來也沒有。

女孩靈體……

慢慢在廚房中消失。

賴玟也放下了手上的火槍。

「成……成功了嗎？」喬伊驚魂未定。

「暫時……沒事了。」冥的手還在出煙，他帶點痛苦地說：「何子彩。」

何子彩的鬼魂出現在廚房之中。

她走到了朱富城的前方。

「我要殺死妳！再殺死妳！」朱富城歇斯底里地大叫。

「何子彩！」冥再次叫著她的名字：「妳可以立即殺死他，但他應該要得到人類法律的懲罰！如果妳殺了他，會便宜了他！相信我！我一定可以用我的方法懲罰他！」

何子彩看著制伏著朱富城的葉辛川。

「妳不是傷害人的鬼，對嗎？」葉辛川微笑說：「從我第一眼看到妳，我就知妳不是，不……都是由妳決定。」

何子彩……

流下了眼淚。

被虐殺的她，會報仇嗎？會殺死殺害她的男人？

何子彩想起了冥曾經說過的一句說話。

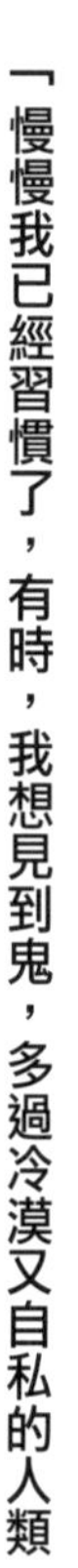
「慢慢我已經習慣了，有時，我想見到鬼，多過冷漠又自私的人類。」

鬼就一定是「壞」？就一定要殺人？

或者，是因為醜惡的人類、醜陋的人性，才會出現最邪惡的靈體。

「謝謝你們。」

她沒有下手，何子彩已經決定了。

「子彩……」葉辛川說。

「終於……完結了。」傲巴說。

「還沒有……」冥痛苦地笑著說：「還有很多謎底沒有解開！」

他看著已經放棄掙扎的朱富城。

「你這個人渣、仆街！我一定要把你送入監獄之中！一定要你生不如死！」

一星期後。

大埔遊戲機中心大廈天台。

一具已經腐爛的裸體女性屍體在天台的水缸中找到，她就是被姦殺的鄭麗雯。

那天男警員聽到的滴水聲，也許就是暗示著鄭麗雯屍體的位置。

朱富城已經承認殺死鄭麗雯、何子彩，還有李東明的罪行。

這個我一直相信的朋友，沒想到會是一個如此兇殘的殺手，或者，他養的那隻鬼，那股邪惡的怨念漸漸地入侵了他，讓朱富城變成了嗜血的殺人犯手。

半年前，鄭麗雯開始被馬叔、何寬、朱富城三人輪姦，直至三個月前，她被到帶到遊戲機中心，先後被馬叔與朱富城強姦，當時何寬不在現場。

那晚，朱富城殺死了鄭麗雯，然後跟馬叔合力把鄭麗雯的屍體掉到大廈天台的水缸之中。鄭麗雯因為鬼出現的「三大原因」變成了厲鬼，把馬叔殺死，不過，因為朱富城養了一隻更可怕的鬼，鄭麗雯沒法對付他。

「我還是想不通。」傲巴也在現場：「為什麼第一次朱富城跟警員來到遊戲機中心，卻沒發現馬叔的屍體，而我們來到那次，馬叔的屍體會再次出現？」

「之前我還以為是因為鬼掩眼，甚至是鄭麗雯影響了人類的聽覺、嗅覺等等感官。」賴玟說：「其實，這也是朱富城的計劃，鄭麗雯根本沒做過任何事，馬叔的屍體是由朱富城移走的。」

「但為什麼朱富城要把馬叔的屍體移走，之後又要搬回來？」喬伊問。

「很簡單，朱富城一開始找我來調查，就是想把殺人事件跟靈體扯上關係，因為有太多的靈異案件就算找到靈體為兇手，我們也沒法起訴。」我解釋：「朱富城要做成『鬼掩眼看不到屍體』的假象，讓整件事件更加像跟靈體有關。」

「馬叔的確是鄭麗雯所殺，根本不關朱富城的事，不是嗎？」傲巴問。

「問題是他殺了鄭麗雯，也殺死了何子彩，他要讓事件看成是由鄭麗雯又或是其他靈體所做成。」

我看著其他的警員有現場搜證：「可惜，他太小看我們了，我們才不會這樣被誤導而草草了事。」

警員把腐爛的屍體蓋上白布抬離現場。

了結心願後，鄭麗雯，我知道妳想親手殺死他，不過，我們最終也找出殺妳的兇手。

我們四人一起回到遊戲機中心。

鄭麗雯沒有出現於我們眼前。

何子彩因為知道鄭麗雯的遭遇，幫助她調查，然後，她發現了朱富城就是其中一個「禽獸」，何子彩找上了朱富城，當時朱富城一定是極力的否認吧，連認識他多年的我也被騙到，朱富城一定是很會演。

他引何子彩來到自己的家，然後把她殺死，還取出她的內臟給女孩靈體飽餐一頓。

朱富城知道沒有公開的內部案件。

何子彩隸屬的重案組正在調查一宗被剮肚取內臟的案件，他想用同樣的手法欺騙張志沖等人，可惜，他成功騙過張志沖，卻沒法騙過我們。

因為朱富城經常要割手臂餵養鬼仔，所以他的手臂沒法發力，而取出內臟也是因為可以讓他更容易搬運屍體，把何子彩的屍體由自己的家移動到長沙灣一個公業大廈的單位之中。

他留下了一個「胃」，朱富城利用了「反邏輯」，希望把殺人的罪行推給另一個人，還有，把線索全部推向遠離自己的方向。他這樣做，是為了就算最後查到不是因為「靈體」犯案，也可以保障自己。

朱富城說希望可以找到事件真相全都是謊言，他除了演戲了得，也是一個心思細密的人，做事非常的小心，他甚至非常清楚人類的內臟與身體結構，他知道「胃」是在身體的哪個部分。

我一直都說，怕鬼嗎？不，我更怕醜陋的人、醜惡的人性。

我們已經在朱富城的家搜證完成，發現了何子彩的血跡，他的家就是何子彩被殺的第一兇案現場，而且在他的電腦內找到鄭麗雯被姦殺的影片。我在想，如果線索一直被誤導，我們一世也不會知道朱富城就是殺人兇手，我有可能在某一天到他家聊天，也不會知道他的家就是兇案現場。

我回憶起最初遇上未知道自己死去何子彩時，為什麼朱富城看不到何子彩？

我想，當時何子彩的潛意識就是不想被他看到，因為如果被朱富城見到，她就沒法再出現在我的眼前，所以她潛意識不讓朱富城的「心靈感覺」頻率跟自己對上。

而何子彩當日在檔案庫知道自己已經死去後，立即找上朱富城，卻被朱富城收入一個黑色的容器之中，當然，那隻可怕的女孩靈體一定有協助朱富城。

所以當何子彩遇上我之後，就再沒有出現，不是她不想來找我，而是她沒法做到。

不過，卻因為葉辛川的出現，讓何子彩能夠再次現身，某程度上，何子彩也是救了我。從前，我不相信什麼「緣分的安排」，現在，我也開始相信了。

「你們先出去吧。」我說：「我有些事要處理。」

他們都知道我要做最後的一件事，一起先離開。

我看著沒人的遊戲機中心，一切也是由這裡開始。

我知道「她」還在。

「鄭麗雯！」我大叫。

沒有任何的回應。

「鄭麗雯，我們把他捉到了！」我對著空氣說：「我知道妳想親手對付他，不過，我們也不能坐視不理，請妳放心，他絕對不會好過，一定會……比、死、更、難、受！」

我應該這樣說嗎？

一個「正義」的警察會這樣說嗎？

去你的，對我來說，我心中的「正義」才不會讓壞人好過，甚至要我犯法也在所不辭，我一定要他們比死更難受。

「執法者不代表一定是正義，正義也許是一種犯罪。」

至於我是如何讓那個人渣朱富城比死更難受？我是如何讓他承認所有的罪行？

嘿。

就在此時，我被火燒受傷的手感覺到一陣涼風，就像有誰捉著我的手一樣。

很冷，但卻有一份奇怪的溫暖。

我不知道鬼會不會投胎，還是上天堂下地獄呢？我只知道它們會離開，離開可怕的……

「人類世界」。

我看一看自己的手，什麼也沒有。

了結心願後，鄭麗雯已經可以離開這間遊戲機中心，我也不知道她會去那裡，不過，我相信她未必會再傷害其他人，至少，最後那晚沒有上班的看更也沒有死去。

還是那個休假的看更沒有看過她的影片？算了，總之他依然健在。

如果你問我，鬼殺人是不是一些錯的事？

其實如果人不是如此的可怕，又怎可能出現更恐怖的鬼。

沒有人，就沒有鬼。

沒有可怕的人，就沒有可怕的鬼。

我們一行人回到靈異事件部。

「提提你們，東明下星期出殯。」老頭跟我們說。

「知道！」傲巴說：「我不會忘記出殯日子，同時也不會忘記東明。」

「對啊！雖然我們不算是相處了很長時間，但怎說他也曾經也是我們的成員。」喬伊說。

「什麼你們的成員？我有說你們已經正式成為靈異事件部的成員嗎？」我看著他們。

「什麼？我們不是曾經出生入死過嗎？怎不會是靈異事件部的一員！」傲巴緊張地說。

「他說笑的。」賴玟搭在我的肩膀上笑說：「他一早已經肯定了你們。」

我給他們一個無奈的表情。

不只是他，其他已經不在的成員，我也給他們肯定了。

包括了已經死去的東明。

他是被朱富城殺死。

當晚，東明來到了何子彩的家，大概，是因為他從玻璃窗外看到被附體的何寬，所以才去到隔鄰的單位。

東明沒有立即離開，而是到隔鄰的單位，很明顯，鄭麗雯當時是對東明釋出了善意，應該是鄭麗雯想提醒我們，她的日誌就在何子彩的信箱之中。

為什麼她要提醒我們？明明她就想自己報仇不是嗎？

不，她的確是想親手殺死朱富城，不過，她還是想我們追查到朱富城的「罪證」，讓他成為臭名遠播的罪人。那天在觀塘大廈，鄭麗雯只是「不想我們阻止她」，而不是「不讓我們調查」。

當時東明去到鄭麗雯的單位接觸到何寬，然後回到何子彩單位尋找鎖匙，而朱富城正好來到了何子彩的家，朱富城被東明發現，只好把他殺死。

慶幸，東明最後把沒法收到訊號的電話從高處掉出街，在著地前發出了訊息，讓我們得到非常重要的線索。

為什麼東明不直接打出「朱富城」的名字？錯了，時間性錯了，東明當時在輸入「鄰居，樓下」之後，才碰上了朱富城，他根本沒有時間輸入朱富城的名字。

那朱富城為什麼要去何子彩的家？

因為他已經把何子彩收入了一個黑樽子之中，如果他想完全控制何子彩，需要一些何子彩的物件與身體上的毛髮，朱富城就是想到她的家中找出屬於何子彩的東西。

然後，他們兩個男人碰上了。

或者可以說是東明的不幸，不過他的死換來了最後找到真兇的線索，怎說，東明的死也變得有價值。

當然，我還是希望東明沒有死，而我們可以成功找出兇手。

「冥，你說事件完結後，會解釋為什麼東明不會變成鬼？」伊喬問。

「恐懼、仇恨、未了心事以外，還有第四個原因。」賴玟說。

「什麼？還有第四個原因？是什麼？」傲巴非常感興趣。

我跟伊喬對望了一眼。

「好吧，其實『靈體』還有很多我們未知的領域，比如他們為什麼會消失？是投胎？還是上天堂？我們還未解開謎團，除非我們死了或者有機會知道。」我說：「而它們的出現，之前已經有解釋過了是因為三大原因，不過，那不是『答案』的全部。」

「三大因素都必須要有，不過，就算三個原因都成立，也未必會讓靈體出現。」賴玟接著說：「而第四個原因是……『選擇』。」

「選擇？」

「就算恐懼、仇恨、未了心事三個原因出現，本人還是可以『選擇』要不要成為靈體。」賴玟說。

「那冥你怎知道東明不選擇變成鬼？」喬伊問。

「出現時間。」我說：「三大因素集齊後，當一個人死去二十四小時之內，可以選擇出現還是永遠離開，如果東明出現，一定會來找我們，不過超過了二十四小時他也沒有再出現。」

「你怎知道是二十四小時可以選擇？」傲巴問。

然後，我跟賴玟一起看著老頭。

「因為有一個臭老頭，經歷過彌留狀態最後沒有死去，他得知了死去後二十四小時內可以有『選擇』。」我說：「而且他還教我們，就算選擇了『出現』，也會因為不同的死亡原因，靈體會有兩種情況，一是不知道自己死去，二是知道。」

月協安老頭無奈地笑了一笑。

「彌留」的意思，就是指死亡前的臨終狀態，意識、心跳、呼吸、言語、行動等所有生命跡象逐漸消失，這就是「彌留狀態」。

「這個老頭兒大命不死，然後決定了加入靈異事件部，一做就做了二十多年，直至現在。」賴玟說。

「老頭你這麼厲害的嗎？彌留狀態究竟是怎樣的？快跟我們說說！」伊喬已經急不及待拿出了筆記簿。

嘿，看來這兩個新人，很適合成為我們的成員。

老頭說出了他的經歷，他們聽得津津樂道。

良久，我說：「好了，別再煩老頭了，我帶你們去一個地方。」

「去哪？」傲巴問。

「你記得我把牙刷放入保鮮袋嗎？」我說：「我帶你們去『收藏』它們的地方！」

事件部有一道後門，可以走入地牢。

「冥讓你們看，代表了他已經非常肯定你們是靈異事件部的成員。」賴玟說。

「別多事吧！」我說。

我們走下了樓梯，打開了一道鐵門。

「這……不會吧？！」傲巴看到眼前的東西也呆了。

在他眼前，全部放滿了大大小小的……「牙刷」。

就像展覽區一樣，大大小小被染黑的牙刷被分門別類，放在經過特殊處理的透明箱中。

「它們……都是靈體嗎？」伊喬指著。

「正確來說，它們全部都是我們捉到的靈體。」賴玟說。

如果傷害人的人類要坐監，那傷害人的靈體也有同樣的「懲罰」，它們永遠不能再出現傷害人類。

「好了，我有事要忙，賴玟，你跟他們多解釋一下。」我說：「我先走了。」

「你總是把麻煩的事交給我，你要去哪裡？」賴玟不服氣。

我回頭笑說：「去吃米線。」

美味軒米線餐廳。

「痴線！你們店的米線真的超好吃！」我把湯也喝完：「難怪何子彩這麼喜歡吃！」

「嘿，你這碗我叫廚房加足料的。」葉辛川說：「一定最好吃！」

我把全空的湯碗放下：「謝謝招待！」

「冥，你來找我有什麼事？」葉辛川進入正題。

「就是看看你們這對《人鬼情未了》如何？」我說。

「子彩一直也在廚房沒有離開，晚上下班同事都走了，我才會跟她見面。」他說：「她很喜歡我讀書給她聽。」

「很好，不過……」

「你不是想來收拾她吧？」

「才不是，我想說，一個本來完全不相信有鬼的人，現在卻愛上了一隻鬼。」我笑說。

「不能說是愛上，只是覺得跟她相處很舒服，而且她也不能離開廚房。」葉辛川苦笑。

「辛川，其實我想跟你說出一件事。」我突然認真起來。

「是什麼？要讓你親自來找我？」

「你別傻了，親自來找你的原因，有一大部分是因為米線！」我淺笑說：「其實我想說，你人生中第一次見到的靈體。」

「你說在監獄那個四眼男人？」

「對。」我拿出了手機給他看一張相片：「是不是他？」

葉辛川看了一看相片說：「就是他！我一世都不會忘記！你怎知道的？」

「你相信有……『守護天使』嗎？」

「鬼我也信了，你說呢？」葉辛川笑說。

好聽的就是「守護天使」，難聽的，其實只不過是一位選擇留下來的「靈體」。

在監牢中，葉辛川見到的男人，就是鄭麗雯已經死去的父親，他一直被困在監獄之中。或者，因為「等級」的問題，他沒法附在人類的身體又或是直接幫助自己的女兒，他唯有出現在葉辛川的面前，讓他先相信有鬼，在之後能夠幫助到自己死去的女兒找出真兇。

如果葉辛川沒有接觸過靈體，他第一次遇上何子彩一定會害怕，甚至不會跟她接觸。

如果不跟何子彩接觸，甚至害怕她，就不會在現在的結局。

葉辛川手上有何子彩的銀包，而何子彩亦在幫助鄭麗雯，所以，她的父親選擇出現在葉辛川面前。可能，它根本不知道葉辛川能不能幫助自己的女兒，不過，它還是決定在葉辛川面前現身。

不是「它」，是「他」，身為父親的「他」決定這樣做。

最後也成功讓我們找出真兇朱富城，同時，也讓何子彩與葉辛川能夠一起生活。

或者，別人說死人與活人的「冥婚」，他們都只是用「另一種方法」去演繹這一種……「民間習俗」。

我看著廚房的方向，紮著馬尾的何子彩從玻璃窗中看著我微笑。

這是我第一次看到……
這樣美麗與幸福的「鬼」。
這樣美麗的……菜鳥彩。

兩天後，石壁監獄。

我的電話響起。

「冥，你的手傷勢如何？」張志沖問。

「應該比你的頭好多了，嘿。」我笑他：「你的下屬呢？」

「他們也沒有生命危險，不過就是受驚過度，要放長假。」他說。

「你也放假吧，休息一下。」我說。

「不行，因為那宗案件還要跟進，我今天打電話給你就是想跟你說，我們已經捉到把女婦人劏肚而死的犯人。」

「真的嗎？」

「對，是死者的細叔做的，因為他們沒有任何聯絡，所以當時撤除他的嫌疑。不過，因為我看到你們部門對案件如此的努力不懈，我也決定了再次調查所有曾經調查過的人，最後找出了兇手就是她的細叔。」張志沖說：「我們已經有足夠的證據證明他就是犯人。」

「很好，天網恢恢，每個人都需要為自己犯下的罪負責。」我說。

「冥，謝謝你幫助。」張志沖說。

「對，你記得何子彩曾親口跟你說私下在調查另一宗案件，不過她沒有說是什麼內容嗎？」我問。

「沒錯，我也在想過這問題。」張志沖說。

「因為當時她可能已經找到朱富城的蛛絲馬跡，不過，她不知道你跟朱富城熟不熟，所以沒有告訴你。」我說。

「的確有這個可能，怎說也好，謝謝你替子彩找出真兇。」張志沖衷心的說。

「別說這些，總之請吃飯也少不了。」我大笑：「是我們全組人，不只是我！」

「一定！」

每個人都需要為自己犯下的罪負責，更正確的說，每個「人與靈體」都需要為自己犯下的罪負責。

張志沖突然變得嚴肅：「冥，我想問你一個問題，認真的再問你一次。」

「說吧。」

「世界上真的有鬼嗎？」

我苦笑，然後也很認真地說。

「世界上沒有鬼。」

沒錯，這是我們對別人說的「標準答案」。

掛線後，我來到了石壁監獄探訪室。

朱富城……就在我的面前。

一個殺害了三個人的重犯，而且還一直欺騙著我，把我變成為了他的棋子。

「我已經全部事都告訴你！也認罪了！」穿上囚犯服的朱富城樣子帶點蒼白：「幫助我！幫我！」

「當然，我一定要幫你。」我笑說：「哈哈！」

畫面從他蒼白的面容慢慢向上移，一個沒有五官的長髮女孩……

騎在他的頸上！

她就是朱富城養的那一隻女鬼仔！

她的頭髮一直刺在朱富城的頸上，頭髮不會讓朱富城受傷，不過會讓他痕癢，她已經把頸上的皮膚抓到皮開肉爛。

「快把她趕走！我不想再感覺到她的重量！我不想再感受到痕癢！我不想再在鏡子中看到她！我不想睡覺時夢到她！我不想！我不想！求求你！幫幫我！」朱富城哭著面說。

「被你取出所有內臟死去的何子彩有沒有求過你？」我收起了笑容：「被你姦殺的鄭麗雯也有沒有求過你不要這樣對她？」

「你……你說什麼？」他瞪大了眼睛，非常恐慌。

「一直以來你欺騙我，難道我不能騙你一次嗎？」我認真地說：「今天我是來親口告訴你，我才不會幫你趕走它，她會永永遠遠跟著你！永永遠遠**騎在你的頸上**！」

話說完後，我跟沒看到女孩靈體的獄卒點頭，表示離開，然後我轉身就走。

「去你的！你說謊！你說過我把所有事說出來後你會幫我！你在說謊！賤人！人渣！」朱富城歇斯底里地大叫。

被人渣說我是人渣，我很生氣嗎？

錯了，感覺是……大快人心。

兩個獄卒立即上前按著他！

在門前，我沒有說話，只是舉起了中指，給他最後的答案。

當晚，我根本沒有收起那女孩靈體，之後我把她再次放出來，我要她永遠留在朱富城身邊。所以說，養鬼仔或者會幫助到人一時三刻，不過，要把她請走，卻是非常困難。

她會一直跟著朱富城……

一直跟著他！

這就是我所說，比死更痛苦的「懲罰」。

所以我才跟鄭麗雯、何子彩說，殺害她們的人將會……「求生不得求死不能」！

當然，還有東明。

朱富城當然可以自殺，但我相信，他沒有這樣的勇氣，而且女孩靈體也不會讓他死去，它需要朱富城的血生存下去。

大門緩緩關上，在最後一個畫面，我看到朱富城大喊大叫，而那個女孩靈體依然騎在他肩膀之上。

她……在笑嗎？

這是我最後看到女孩靈體的表情。

同時，我看到了「比死更難受」。

我還看到了……

「報應」。

……

…

．

離開監獄後，我收到了賴玟打來的電話。

「冥，你又去了哪裡？有新案件，快回來！」她說。

「休息一下不行嗎？唉。」我嘆氣。

「總之你快回來！我們等你！」

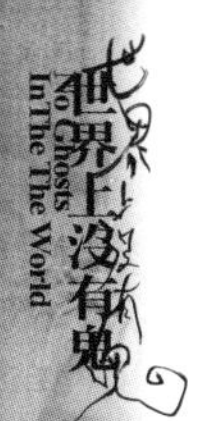

「好吧，現在回來了！」

休息一下不行嗎？

不行，除非世界上再沒有人類。

除非……

世界上再沒有……

「鬼」。

數個月後。

一個網上DEEP WEB的討論區中。

Yd19324：「是什麼片？」

Df02913：「未成年少女學生被強姦的片，要看嗎？」

Du01011：「收費？」

Df02913：「上次那條片的double，把錢入到我bitcoin戶口，立即收看。」

討論區內不斷傳來了匯款的聲音。

人類從來也沒有改變過「獸性」，幾千年來也沒有。

只要有錢，就可以收看別人的「不幸」，把別人的不幸成為自己的「娛樂」。

有什麼方法可以對付這些「禽獸」？

只有最憎恨「禽獸」的人，才可對付他們。

不，是最憎恨「禽獸」的……鬼。

其中一位討論區用家，正在欣賞著用錢買回來的「快感」。

「媽的，太正了！」

就在他投入地觀看別人的不幸打手槍之時，在他耳邊傳來了一把女聲。

「好看嗎？」

「好看！去你的，十四歲剛剛好！白白滑滑的！」

他回答完後，才發現自己家中就只有……他一個人！

他慢慢地把頭轉向聽到聲音的方法。

穿著校服的「她」，已經用猙獰的眼神看著男人！

鄭麗雯看著這個禽獸！

「嘩！！！」

下一個畫面，已經是男人七孔流血痛苦地死去！

在沒有人知的情況下，做著最禽獸、最人渣、最畜生的事，你……

真的以為就不會有人知道？

錯了。

「它們」……一直也在看著你。

「它們」……一直也在你身邊。

《無論有否遇上鬼，多行不義必自斃。》

全文完

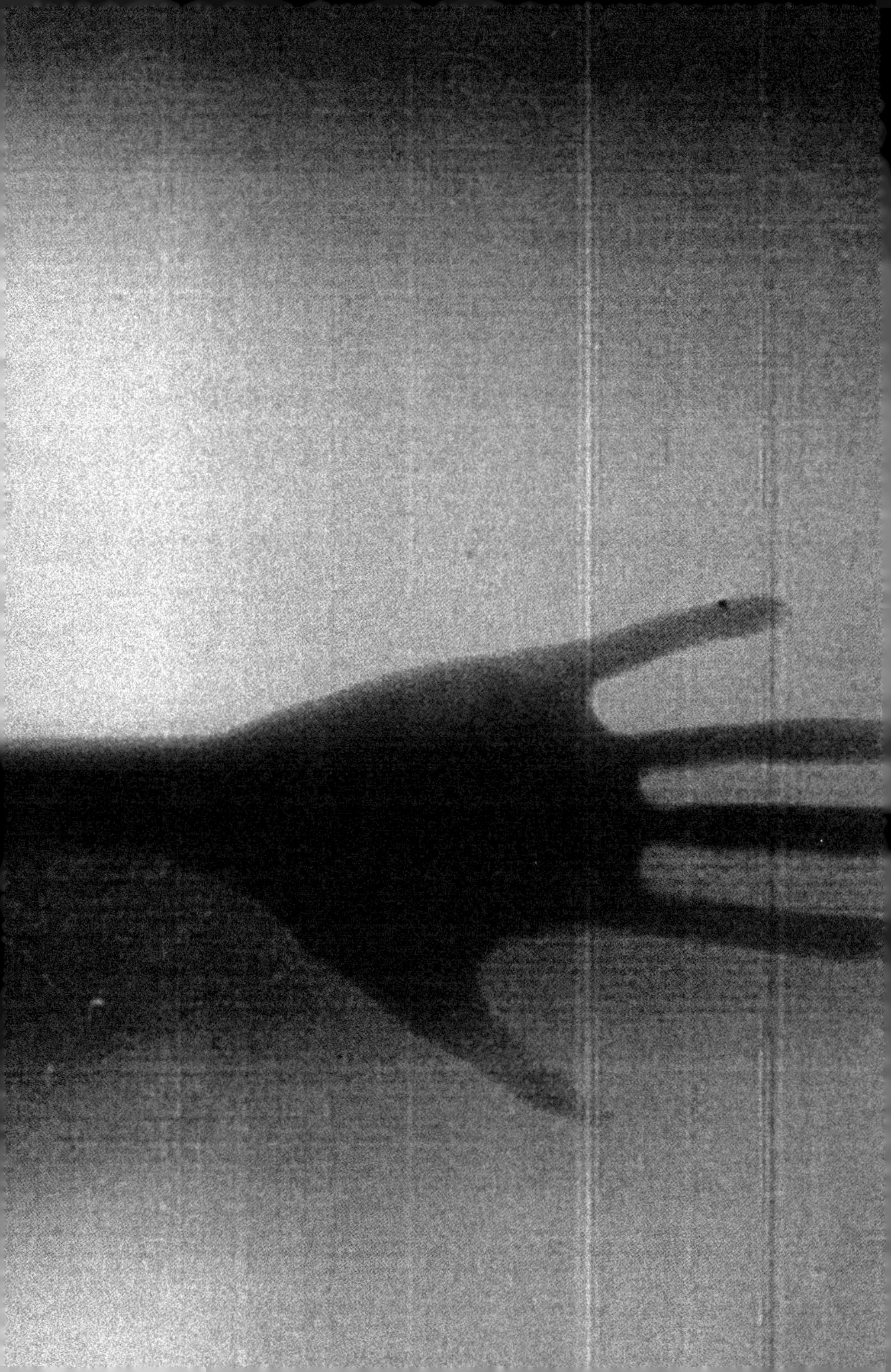

後記

「看不到，不代表……不存在。」

當恐懼支配了思想，鬼就會更容易出場。

一直以來，有一個問題一直纏繞我：「如果沒有人，世界上有沒有鬼？」

這次，我終於用了幾萬字去解釋給我自己聽，還有，解釋給你聽。

因為出現「靈體」，所以邏輯上我要去解釋整個「鬼的世界觀」，一位作家朋友跟我說：「要這樣詳細嗎？」，然後我跟他說：「我不喜歡有鬼跳出來嚇你這樣的，我想讓讀者深入整個『鬼的世界』。」

這個故事，就是屬於孤泣的「鬼世界」。

寫《世界上沒有鬼》時，我先要讓自己「驚」，我會一個人留在工作室關上燈開始寫，我會先一個人靜靜地看完一套恐怖片才開始寫，戴上耳機看更「佳」，不，是更「驚」，嘿，我會想著我身邊都有其他的靈體一起看著我寫小說。

小說內也有寫過的「現象」，當我寫小說時，有時會無緣無故打冷顫，我想，「它們」出現了。

不過，可能我已經習慣，開始沒這麼害怕，而且，我從來不做「虧心事」。

剛又打了個冷顫。

無論是寫什麼類型的小說，我都會想一個「估不到的結局」，這次寫「鬼」也不例外，最後，你想

不想到兇手就是「他」？

現在凌晨三點三十二分。

我不知道現在我身後有沒有「鬼」，我只知道，我終於完成了一本有關「鬼」的小說。

「反思」。

最後的結局，也是想讓讀者反思，做壞事真的沒人知道？

不，「它們」會知道的。

最喜歡書中的一句。

「有時，我想見到鬼，多過冷漠又自私的人類。」

孤泣字 1/2021

No Ghosts
InThe The World
世界上沒有鬼

LWOAVIE RAY TEAM

孤泣特別鳴謝小說團隊

由出版第一本書開始，只得我一人。直至現在，已經擁有一個孤泣小說的小小團隊。謝謝一直幫忙的朋友。從來，世界上衡量的單位也會用金錢來掛勾，但在這個「孤泣小說團隊」中，讓我發現，別人為自己無條件的付出。而當中推動的力量就只有四個大字——

「我支持你」

很感動！在此，就讓我來介紹一直默默地在我背後支持的團隊成員。

APP PRODUCTION

JASON

傳說中的 Jason 是以戇直、純真、傻勁加上一點點的熱血配製而成。為了達成為一個小小的夢想，忍痛放棄一份外人以為穩定的工作，毅然投身自由創作人的行列。希望可以創作屬於自己的 iOS App、繪本、魔術書、氣球玩藝書、攝影手冊、攝影集、IT工具書等。歡迎人家來www.jasonworkshop.com參觀哦！

EDITING

曦雪 WINNIFRED

愛幻想、愛看書、愛笑愛叫的怪小孩，平時所有愛做的都不會做。喜歡寫作卻不會寫，說是因為懂寫不懂作。現實中Winnifred的化妝師，見證多少有情人終成眷屬。喜歡美麗的事物，自成一角的審美態度：「美，可以是看不到、觸不到，卻能感受得到。」機緣巧合，成為孤泣的文字化妝師。

RONALD

學藝未精小伙子，竟卻有幸擔任孤泣小說的校對工作。可說是人生一大幸運的事。

首喬

卞之琳這樣說：「你站在橋上看風景，看風景人在樓上看你。明月裝飾了你的窗子，你裝飾了別人的夢。」能夠裝飾別人的夢，是錦上添花。

小雨

顧城說：「黑夜給了我黑色的眼睛／我卻用它尋找光明」，願我們黑色的眼睛，不會忘記光明的樣子，不放棄。

I only have one person. Until now, I already have a small team of solitary novels. Thank you for your help. In the

MULTIMEDIA

GRAPHIC DESIGN

阿鋒

平面設計師，孤泣愛好者。由讀者搖身一變成為團隊成員之一，期望以自己的能力助孤泣一臂之力。

RICKY

平面設計師，兜了一圈，原地做夢！感激孤泣賞識同時多謝工作室團隊，這團火燒到了我。創作人，路是難行但並不孤單。

阿祖

喜歡電影、漫畫、小說、創作，希望替孤泣塑造一個更立體的世界。

ILLUSTRATION

13

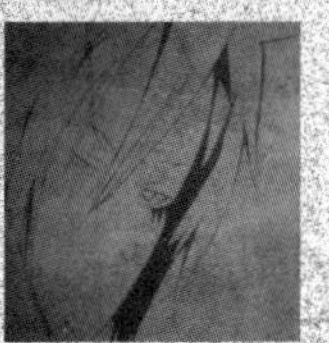

不善於用文字去表達心情，但喜歡以圖畫畫出一片天空，這片天空是無限大，同時存在了無限個可能。多謝孤泣給我機會發揮我自己，而孤泣的小說，是我的優質食糧。

LEGAL ADVISER

X律師

當孤泣問我如何殺人不坐監、未來人受不受法律約束時，我決定成為他的顧問，律師費請匯入我戶口，哈哈。

PROPAGANDA

孤迷會_OFFICIAL

www.facebook.com/lwoavieclub

IG: LWOAVIECLUB

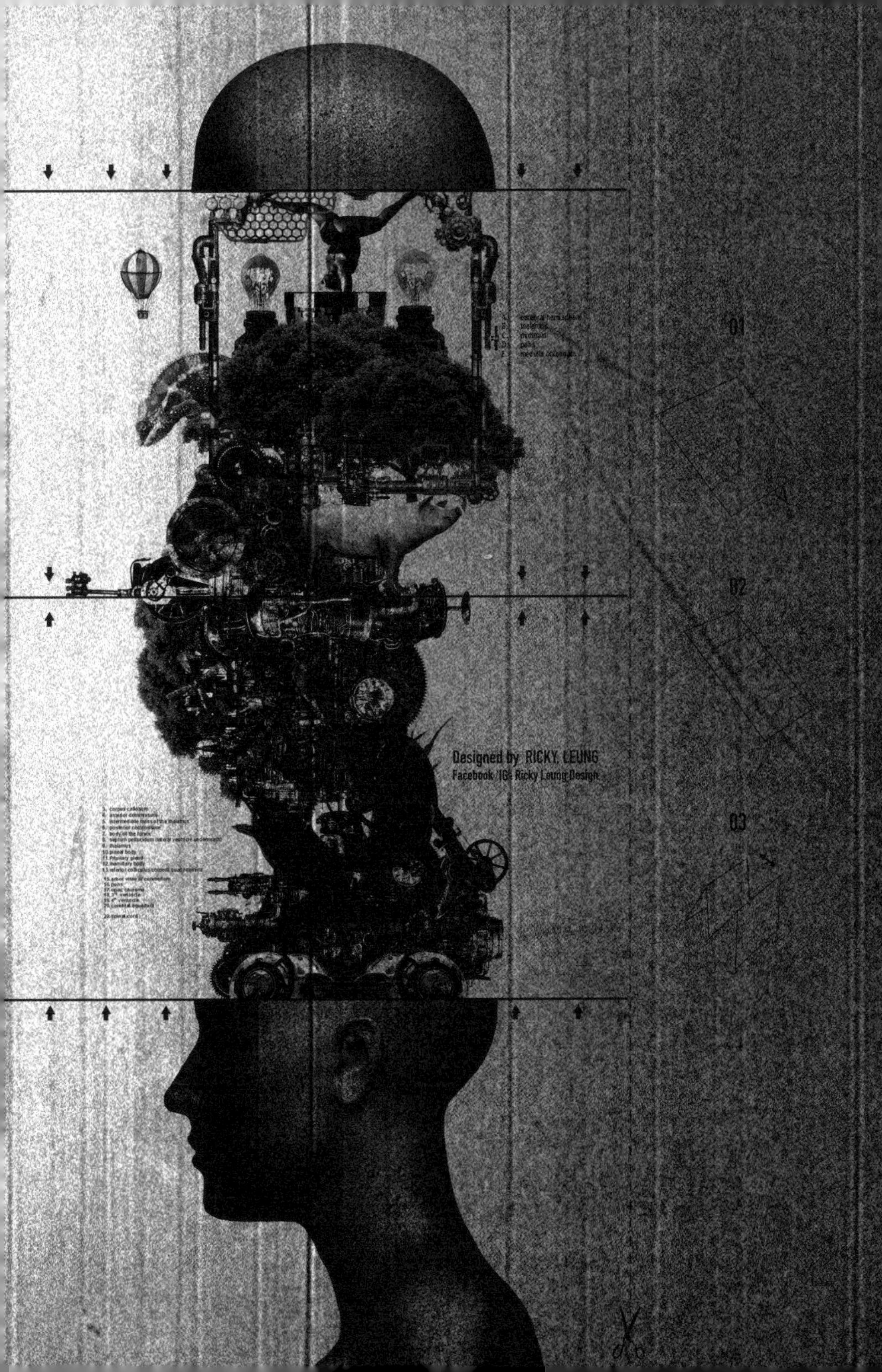

01
02
03
Designed by RICKY. LEUNG
Facebook /IG: Ricky Leung Design

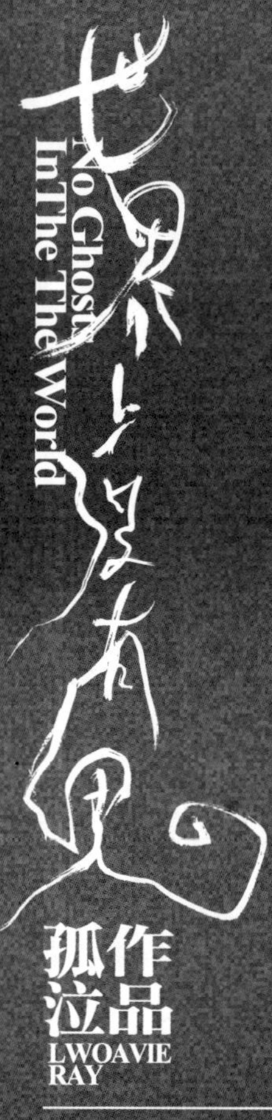

孤泣
作品
LWOAVIE
RAY

編輯／校對　小雨
設計　@rickyleungdesign

出版：孤泣工作室有限公司
荃灣德士古道 212 號，W212, 20/F, 5 室
發行：一代匯集
旺角塘尾道 64 號，龍駒企業大廈，10 樓，B&D 室
承印：美雅印刷製本有限公司
觀塘榮業街 6 號，海濱工業大廈，4 字樓，A 室

出版日期：2021 年 7 月　ISBN 978-988-79940-6-0
HKD $98